文学艺术之梦

WENXUE YISHU ZHI MENG

刘　勇
李春雨
主　编

侯　敏
姚舒扬
副主编

侯　敏
编　著

北京师范大学出版集团
安徽大学出版社

图书在版编目(CIP)数据

文学艺术之梦/侯敏编著. —2版. —合肥:安徽大学出版社,2014.9
(梦想的力量:中国梦青少年读本/刘勇,李春雨主编)
ISBN 978-7-5664-0851-8

Ⅰ.①文… Ⅱ.①侯… Ⅲ.①爱国主义教育－中国－青少年读物 Ⅳ.①D647-49

中国版本图书馆 CIP 数据核字(2014)第 219711 号

出版发行:	北京师范大学出版集团 安徽大学出版社 (安徽省合肥市肥西路3号 邮编230039) www.bnupg.com.cn www.ahupress.com.cn
印 刷:	合肥市裕同印刷包装有限公司
经 销:	全国新华书店
开 本:	170mm×230mm
印 张:	12.25
字 数:	118千字
版 次:	2014年9月第2版
印 次:	2014年9月第1次印刷
定 价:	24.80元

ISBN 978-7-5664-0851-8

策划编辑:赵月华 钟 蕾		装帧设计:李 军	
责任编辑:王先斌		美术编辑:李 军	
责任校对:程中业		责任印制:赵明炎	

版权所有　侵权必究

反盗版、侵权举报电话:0551-65106311
外埠邮购电话:0551-65107716
本书如有印装质量问题,请与印制管理部联系调换。
印制管理部电话:0551-65106311

总 序

中国是有着五千多年灿烂历史文明的泱泱古国。周秦伟业、两汉文明、大唐盛世、宋季富士、元朝拓疆、明代兴旺、康乾胜景，历史上伟大的时代与悠久的历史文明，不仅让我们每个炎黄子孙倍感骄傲，而且令世界人民叹为观止。而时至清朝，当欧洲已经走出长达八百多年中世纪的黑暗，在文艺复兴运动，接受一系列新知识、新技术的时候；当18世纪初牛顿发现了万有引力定律、莱布尼茨建立了微积分体系、培根喊出了"知识就是力量"的时候；当英国正在大张旗鼓地进行工业革命的时候，中国却仍然沉浸在"天朝上国"的迷梦和农业经济繁荣的落日余晖之中，根本不知道世界正在发生翻天覆地的巨变。结果是中国为此付出了沉重而惨痛的代价，鸦片战争失败后所签订的丧权辱国的中英《南京条约》，使中华民族承受了巨大而空前的屈辱，于是无数的仁人志士开始为振兴中华而奔走呼号，甚至抛头颅、洒热血。从洋务运动、戊戌变法、辛亥革命,直到中华人民共和国成立,中国人民为了寻求挽救国家于倾颓的伟大梦想,走过了一段艰难曲折的历程。

五四运动是这一历程中重要的一步,成为近现代国人真正觉醒的辉煌的起点。五四运动的先驱在高扬"民主""科学"伟大旗帜的同时,将目光聚焦于文学。我们还清楚地记得,无数有识之士都不约而同地将目光集中投向了青年!五四新文学与新文化运动中最重要、最让人瞩目的刊物就叫《新青年》,陈独秀所写的《敬告青年》满含殷殷之情、拳拳之心,至今令人难忘。回想当年,陈独秀为什么要创办《新青年》?为什么要写《敬告青年》?以陈独秀为代表的那代人为什么那样关注青年?难道是因为他们心血来潮吗?难道是因为他们认为青年必然胜过老年吗?不是的!他们清醒地意识到,民族伟大复兴的梦想不是一代人所能完成的,甚至也不是两三代人就能实现的。这个伟大的使命势必要由数代青年前赴后继,不断努力地去承担、去完成、去实现!

陈独秀在《敬告青年》一文中的慷慨陈词:"青年如初春,如朝日,如百卉之萌动,如利刃之新发于硎,人生最可宝贵之时期也。青年之于社会,犹新鲜活泼细胞之在人身。"亦如梁启超在《少年中国说》中所言:"老年人常思既往,少年人常思将来。惟思既往也,故生留恋心;惟思将来也,故生希望心。惟留恋也,故保守;惟希望也,故进取。

惟保守也,故永旧;惟进取也,故日新。"这样的言辞虽然有些绝对,但却道出了青少年乃国家与民族未来希望之实质。

从晚清起到今天,心怀强国梦想的中国人奋斗了一百多年。虽然在这一百多年中,几代人前赴后继,为中华民族开辟了一条通往伟大复兴之路,但在这条复兴的道路上,还需要我们继续努力。实际上,以"中华民族伟大复兴"为旨归的"中国梦"正像五四新文学先驱者们所预测的那样:还需要几代人去实现。也就是说,还需要几代青少年去不断地努力与拼搏。所以,让青少年了解什么是"中国梦",让青少年了解"中国梦"的实现对于我们国家与民族的根本意义,是多么急切,多么重要!这就是我们出版这套"梦想的力量:中国梦青少年读本"丛书的初衷。

这套丛书,紧紧围绕着"理想信念""少年成长""教育强国""科技腾飞""文学艺术""悠悠历史""求真探奇""城乡和谐""平凡人生""走向世界"等十个与"中国梦"密切相关的主题,用许许多多生动有趣的故事,向怀揣梦想的青少年说明:"中国梦"这三个字绝对不是口号、不是空想。相反,它有着丰富的文化内涵和底蕴,它涵盖了我们生活的方方面面,彰显在历史、科技、文学艺术等各个领域。它既可以体现为伟人在其人生历程中所追求的理想信念,也可以体现为普通人在平凡的人生中所坚守的一个个小小梦想；它既可以体现为老一辈对于自己梦想的执着守望，也可以体现为年轻一代对于未来的无限憧憬。

我们之所以把这些故事讲给青少年听，是想让青少年了解那些曾经发生和正在发生的感人故事，让他们真正体悟梦想的实现都不是一蹴而就的，而是要付出辛劳和汗水；让青少年在这些生动感人的故事的熏陶下培养自身坚强、勇敢、勤劳的优秀品质；让青少年通过这些故事反观自身，从而激发他们面对挫折时的斗志和勇气；让青少年了解什么是"中国梦"，为什么要实现"中国梦"；让青少年明白自己在实现民族伟大复兴的"中国梦"的历史进程中肩负着什么样的责任。

"梦想的力量"在根本上来自青少年！

"中国梦"的实现归根到底在于青少年！

刘　勇　李春雨

2014 年 1 月

目录

辞官学书成颜体 // 1
志坚好学树一帜 // 8
划粥断齑忧天下 // 15
举家食粥著"红楼" // 24
蓄须明志德艺馨 // 32
俯首甘为孺子牛 // 42
炎黄赤子"黄河"梦 // 51
文学青年辛酸泪 // 60
爱书如命轻名利 // 71
平凡人生不平凡 // 80
自控命运展风华 // 89

苦难铸就传世名 // 93

十年磨剑图一展 // 103

未名湖畔草根情 // 110

地下通道传妙音 // 118

无臂偏谱钢琴曲 // 127

假肢舞出人生梦 // 136

"神剪"谱写生命歌 // 144

杂技演绎不了情 // 154

无声世界花灿烂 // 160

"失明百灵"展歌喉 // 171

"折翼蝴蝶"自奋飞 // 179

后记 // 185

辞官学书成颜体

　　古往今来,很多官员都贪慕名利,渴求荣华富贵,很少有人为了追求自己的艺术理想而放弃功名利禄。但颜真卿就是后者这样的特例。

　　颜真卿是中国唐代著名的书法家。他的书法艺术境界高远、出神入化、别具一格、自成一体,因此人们称之为"颜体"。颜真卿的书法对当时乃至后世都产生了深远的影响,世人将他与赵孟頫、柳公权、欧阳询并称"楷书四大家",并用"颜筋柳骨"来形容他和柳公权的书法作品。后世学习颜真卿书法者极多,甚至有"学书当学颜"的说法。而颜真卿之所以在书法方面享有如此高的声望,与他的勤奋刻苦以及对艺术的执着追求有着直接关系。

　　颜真卿三岁的时候,父亲就病逝了。母子俩无依无

靠,生活非常艰难,母亲只好带着他回到了外祖父家。外祖父是位书画家。他见颜真卿聪明,就教他读书写字。颜真卿练起字来很专心,一笔一画从不马虎,一写就是大半天。母亲见儿子练字这样用心,心里又是喜又是愁。喜的是儿子这么刻苦用功;愁的是生活不富裕,没有余钱买纸供他练字。颜真卿很懂事,见母亲为没钱买纸的事犯愁,就悄悄地琢磨开了。

一天,颜真卿高兴地对母亲说:"我有不花钱的纸笔了,您别发愁了!""傻孩子,纸笔哪有不花钱的呢?""您瞧,这不是吗?"颜真卿手里举着一只碗和一把刷子,欢快地说,"这只碗是砚,这把刷子是笔,碗里的黄泥浆就是墨!""那……纸在哪儿呢?"母亲又问。颜真卿用手指了指石墙,认真地说:"这就是纸。不信,我写给您看!"说完,他拿起刷子,蘸上碗里的泥浆,走到墙壁前挥刷起来。等到石墙上写满了字,他就用清水把字迹冲洗掉,然后又重新写。看到儿子有了不花钱练字的好方法,母亲高兴地笑了。由于刻苦好学,颜真卿不但练就了一手好字,而且成了一个博学多才的青年人。

颜真卿二十六岁那年参加科举考试,考中了进士。两年以后,他在朝廷做了校书郎(负责写碑文、祭文的官)。后来,朝廷又让他到醴泉县当专门管理地方治安的县尉。

当时,县衙里公事很多。尽管公务很忙,可颜真卿还是不忘练字。大家都夸赞他的字写得好,他并没有因此而沾沾自喜,也没有就此止步不前。他想:俗话说"山外有山,天外有天",自己的字写得还不到家,还要拜高明的人为师才行。不久,他就辞去官职,带上自己写的一些字,去追寻自己的书法梦。颜真卿起初向褚遂良学习,后来又赶到洛阳去向大书法家张旭求教。

一天,颜真卿拿着自己的书法作品去向张旭拜师。张旭听颜真卿说明了来意,仔细地看了颜真卿的书法作品以后,非常喜欢。但是他想考验一下颜真卿学书法的决心,说:"你的字已经写得很不错了。现在,国家正是用人的时候,你是国家未来的栋梁,哪能在写字上花那么多工夫呢?你只要勤练,字就能有长进,就不必拜我为师了。"听了张旭的这番话,颜真卿觉得有一定道理;又见张旭执意不肯收自己做学生,就告别张旭回长安了。

回长安以后,颜真卿又在朝廷做了官。可他心里总想着向张旭学书法的事。过了不久,他又一次辞去官职,去洛阳找张旭。张旭见颜真卿第二次辞官学书法,被他的一片诚心打动,就高兴地收下了这个徒弟。

张旭是唐代首屈一指的大书法家,会写各种字体,尤其擅长草书。颜真卿希望在张旭的指点下,很快掌握写字的窍门。但张旭并没有透露半点书法秘诀,只是给颜真卿介绍了一些名家字帖,简单地指点一下每家字帖的特点,让颜真卿临摹。有时候,他还带着颜真卿去爬山、游水、赶集、看戏,回家后才让颜真卿练字,或让颜真卿看自己挥毫疾书。

转眼几个月过去了,张旭仍未传授颜真卿任何书法秘诀。颜真卿很着急,决定直接向老师说明。颜真卿壮着胆子、红着脸对张旭说:"学生有一事相求,请老师传授书法秘诀。"

听了颜真卿的话,张旭很平静地回答:"学习书法,一要'工学',即勤学苦练;二要'领悟',即从自然万象中接受启发。这些我不是多次告诉过你了吗?"

颜真卿听了,以为老师不愿传授秘诀,又向前迈一步,施礼恳求道:"老师说的'工学''领悟',这些道理我都知道。我现在最需要的是老师行笔落墨的绝技秘方,请老师指教。"张旭认为时机尚未成熟,感觉颜真卿还需要一些历练,于是就耐着性子开导颜真卿:"我见公主与担夫争路而察笔法之意,见公孙大娘舞剑而得落笔神韵。学习书法,除了苦练就是观察自然,别的没什么诀窍。"接着他对颜真卿讲了晋代书圣王羲之教儿子王献之练字的故事,最后严肃地说:"学习书法要说有什么'秘诀'的话,那就是勤

学苦练。要记住,不下苦功的人,不会有任何成就。"

老师的教诲,使颜真卿大受启发。从此,他扎扎实实勤学苦练,潜心钻研,从生活中领悟运笔神韵,进步很快。张旭看到颜真卿的书法技能日渐长进,也十分高兴。于是决定把自己的书法秘诀毫无保留地传授给颜真卿。

一天,张旭和颜真卿一起谈论书法。张旭问:"三国时候的钟繇,把写字的方法归结为十二个字。你知道是哪十二个字吗?""是平、直、均、密、锋、力、轻、决、补,还有损、巧、称。先生您看我说得对吗?"颜真卿回答说。"对!不过你知道它的意思吗?""我说不好,还请先生指教!""好!这十二个字是书法的精髓。现在,我就把我多年的体会告诉你。这'平'是说,横的笔画要写得平,但是不能太平,要有气势,不能呆板;'直'是说竖画要从不直中求直,下笔要放纵开来,不能歪斜拧曲;'均'指的是字的笔画和笔画之间的空隙要均匀自然,不能过远或过近;'密'是说,笔画相连处要不露痕迹;'锋'要求每一笔的收尾处都要挺健有力;'力'字很容易懂,是说字要写得有骨力;'轻'是说在笔画转折的地方,要轻轻带过;'决'的意思是说,下笔的时候,一定要果敢坚决,不能胆怯犹豫;'补'是指若头几笔没有安排好,就要设法用下面的笔画来补救;'损'字很重要,是说在一点一画的书写上,要让人感到还有余意没有表达出来,能引起人的想象;最后是'巧'和'称','巧'是要把字的形体结构布置得富于变化,'称'不但要求字的笔画结构要匀称,在一篇文字的布局上,也要大小疏密得当,这样字看起来才能匀称。写字的时候,只要注意按这十二个字的要求去写,字是一定能够写好的。""先生,您讲得太好了!我明白了学习写字的精要了。"颜真卿高兴地说。

后来,颜真卿融汇了前代书法家的特长,使自己写的字形体饱满,厚重朴实,刚健雄劲。

张旭　张旭,字伯高,一字季明,汉族,唐朝吴县(今江苏苏州)人。曾官至常熟县尉,金吾长史。善草书,性好酒,世称"张癫"。其草书与当时李白诗歌、裴旻剑舞并称"三绝",与李白、贺知章等人共列"饮中八仙"。张旭还擅长写诗,与贺知章、张若虚、包融共称"吴中四士"。传世书迹有《肚痛帖》《古诗四帖》等。

❋ ❋ ❋

三更灯火五更鸡,正是男儿读书时。
黑发不知勤学早,白首方悔读书迟。

——(唐)颜真卿

志坚好学树一帜

欧阳修是一代文豪。他与韩愈、柳宗元、王安石、苏洵、苏轼、苏辙、曾巩合称"唐宋八大家"。欧阳修自幼学习勤奋刻苦。他通过考试取得了功名,提携了很多人,并且因写出脍炙人口的《醉翁亭记》而名扬天下。

在欧阳修四岁的时候,父亲因病去世了。他和妹妹由母亲一人抚养长大。好心的叔叔可怜他们,邀他们同住,周到地照顾他们母子三人。但欧阳修的母亲心想:"小叔毕竟需要照顾自己的家人。孩子们一天天长大,总不能这样长期靠接济过日子。"母亲最终决定带着欧阳修兄妹在外租屋生活。母亲每天靠为人洗衣、缝补衣服养活一家人,生活非常艰难。

一天夜里,母亲正为人赶制新衣,偶一抬头,看到欧阳

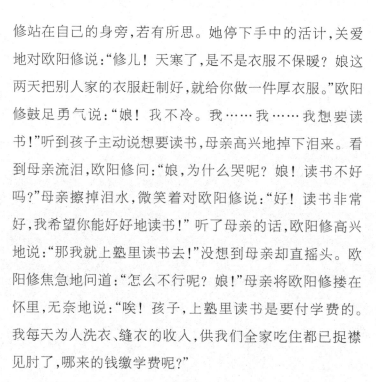

修站在自己的身旁,若有所思。她停下手中的活计,关爱地对欧阳修说:"修儿!天寒了,是不是衣服不保暖?娘这两天把别人家的衣服赶制好,就给你做一件厚衣服。"欧阳修鼓足勇气说:"娘!我不冷。我……我……我想要读书!"听到孩子主动说想要读书,母亲高兴地掉下泪来。看到母亲流泪,欧阳修问:"娘,为什么哭呢?娘!读书不好吗?"母亲擦掉泪水,微笑着对欧阳修说:"好!读书非常好,我希望你能好好地读书!"听了母亲的话,欧阳修高兴地说:"那我就上塾里读书去!"没想到母亲却直摇头。欧阳修焦急地问道:"怎么不行呢?娘!"母亲将欧阳修搂在怀里,无奈地说:"唉!孩子,上塾里读书是要付学费的。我每天为人洗衣、缝衣的收入,供我们全家吃住都已捉襟见肘了,哪来的钱缴学费呢?"

尽管年纪还小,欧阳修却懂得体贴母亲。见母亲为自己的学费忧虑,欧阳修马上改口说:"娘!那我不要读书了。"母亲看着懂事的欧阳修,欣慰地说:"好孩子,书是一定要读的!娘对不起你,没有能力供你到塾里读书。可是,没钱也能读书,就看你肯不肯上进苦读。"听了母亲的话,欧阳修马上回答:"我肯,我一定要读书!"看着一心想读书的欧阳修,母亲平静地说:"修儿!从明天起,娘亲自教你读书。娘虽然没什么学问,可也读过四书五经,足够

教你三年五年了……"

第二天起床后,他迫不及待地问母亲:"娘!我起来了。我要读的书呢?"母亲注视着一脸正经的欧阳修,说:"现在还用不到书,先识字。读书一定要先识字,识字一定要由简入繁。从今天起,我每天在地上写十个字。你就认这十个字,一年下来,就可以认识三千多个字。之后我就教你读《诗经》,读《左传》。这两本书都不必买,我可以一句一句地背下来教你。"从此,母亲在家门前一块平整的地面上铺上一层薄沙,每天用芦荻的茎秆在沙地上写上十个字,并叮嘱欧阳修:"写在地上,读在心中。记住了,就再也忘不了了。"因为写在沙地上的字很容易模糊,欧阳修必须快速地记下母亲每天写下的十个字。欧阳修每天都非常专注、用功。就这样,母亲用芦荻的茎秆在沙地上教他认字、写字。欧阳修认识了很多字,而且记得很牢。

时间过得飞快。十岁时,欧阳修已经能熟记《诗经》与《左传》了。他还结交了几位好朋友,其中一位名叫李尧辅的,家里非常富有,藏书也很多。欧阳修常到李尧辅家陪他读书。有一天,李尧辅要写一篇有关《左传》的文章,苦无灵感,不知如何下笔。他知道欧阳修熟读《左传》,能将《左传》一字不漏地背诵出来,文笔也好,便请欧阳修帮忙。果然,欧阳修很快就写成了一篇好文章。李尧辅非常高

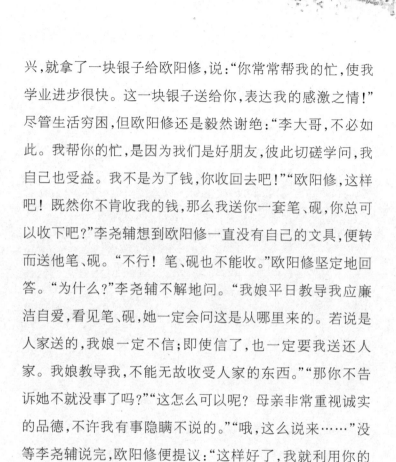

兴,就拿了一块银子给欧阳修,说:"你常常帮我的忙,使我学业进步很快。这一块银子送给你,表达我的感激之情!"尽管生活穷困,但欧阳修还是毅然谢绝:"李大哥,不必如此。我帮你的忙,是因为我们是好朋友,彼此切磋学问,我自己也受益。我不是为了钱,你收回去吧!""欧阳修,这样吧!既然你不肯收我的钱,那么我送你一套笔、砚,你总可以收下吧?"李尧辅想到欧阳修一直没有自己的文具,便转而送他笔、砚。"不行!笔、砚也不能收。"欧阳修坚定地回答。"为什么?"李尧辅不解地问。"我娘平日教导我应廉洁自爱,看见笔、砚,她一定会问这是从哪里来的。若说是人家送的,我娘一定不信;即使信了,也一定要我送还人家。我娘教导我,不能无故收受人家的东西。""那你不告诉她不就没事了吗?""这怎么可以呢?母亲非常重视诚实的品德,不许我有事隐瞒不说的。""哦,这么说来……"没等李尧辅说完,欧阳修便提议:"这样好了,我就利用你的'文房四宝',在你家抄写几部书,带回去读。你看好不好?"李尧辅欣然应允了。

　　从此,欧阳修一有空便到李尧辅家里抄书,没多久就抄完了一部《尚书》。李尧辅提议两人都休息一天,结伴去市集逛逛。两人便高高兴兴地一起去游逛。一位与欧阳修的母亲熟识的大娘在市集撞见了他们,便告诉了欧阳修的母亲。欧阳修的母亲既伤心又生气。黄昏时,欧阳修回到家,母亲严肃地问他:"这几天你都到哪里去了?""我在帮李尧辅整理书!""跪下!修儿,我真没想到你长大了就变坏,居然学会了说谎!"看到母亲这么生气,欧阳修便将这几日在李尧辅家抄书的情形一五一十向母亲说明,只是没提及逛市集一事。母亲很生气,质问道:"胡说!你这孩子,还在说谎!今天下午你去了哪里?""我……娘!下午,因为我抄完了一部《尚书》,李尧辅说要庆祝一下,提议一起去市集逛一逛……"说完,将刚抄好的《尚书》拿给母亲看。看了厚厚一叠的确是儿子字迹的手抄《尚书》,母亲又悔又喜。悔的是不该在尚未弄清楚事情之前便责罚儿子;喜的是儿子不仅将平日自己对他的教诲牢记在心,而且渴求上进。于是,母亲拉起跪在地上的欧阳修,抚摸着他的头说:"修儿!你没辜负我对你的希望,这几年的辛苦总算没有白费。对你死去的父亲,你也没有让他蒙羞!"

欧阳修的父亲生前事亲至孝。每次祭祀欧阳修的祖母时,他总是痛哭流涕,说:"祭祀的菜肴再怎么丰盛,也不如父母生前子女有菲薄的奉养。以前穷困到常吃不饱,也没好东西奉养母亲。现在温饱有余了,母亲却无法受用我

的供养了。'树欲静而风不止,子欲养而亲不待'……"说到伤心处,常常哽咽得说不出话来。欧阳修的父亲为官清廉且十分体恤百姓。每次批阅讼案公文时,总是为犯错的人留下一条生路,想方设法在法律允许的范围内从轻处置。父亲在欧阳修尚未记事时就过世了,母亲时常念叨父亲,希望他向父亲学习。如今看到欧阳修既不贪取他人财物又肯上进,母亲甚感欣慰。

十七岁那年,欧阳修在随州参加科举考试。遗憾的是,文章写得奇佳的欧阳修,却因为一篇赋用错了官韵而落榜。这件事对欧阳修打击很大,因为不仅他自己,所有熟识他的人都对他抱着很大的希望,没人料到他会落榜。

但欧阳修没有灰心,三年后他又一次参加考试。这一次欧阳修被推荐到礼部应试。没曾想这一次欧阳修又没考上!

经历挫折的磨砺,欧阳修更加坚毅不屈,形成了自强不息的优秀品质。经过不断的努力,欧阳修终于连续三关科考中第,得到朝廷授予的官职。

欧阳修没有辜负母亲对他的期许,成为一位官声颇佳的官员。在官场上,无论是处于顺境还是处于逆境,他总能坚守志节,进退自得。

《诗经》 《诗经》又称《诗三百》,是中国文学史上最早的一部诗歌总集,收入自西周初年至春秋中叶五百多年的诗歌三百余篇。另外还有六篇诗歌有题目无内容。先秦称其为《诗》,或称《诗三百》。西汉时它被尊为儒家经典,始称《诗经》,并沿用至今。汉朝毛亨、毛苌曾注释《诗经》,他们注释的《诗经》又被称为《毛诗》。《诗经》中诗的作者,绝大部分已经无法考证。其内容所涉及的地域,主要是黄河流域,西起陕西和甘肃东部,北到河北西南,东至山东,南及江汉流域。

❋ ❋ ❋

立身以立学为先,立学以读书为本。

——(北宋)欧阳修

划粥断齑忧天下

范仲淹是北宋著名的政治家、军事家、文学家。他一生勤奋好学,为官清正,出将入相,文能安邦,武能定国。他始终以"先天下之忧而忧,后天下之乐而乐"为座右铭,为国家、为人民鞠躬尽瘁,死而后已。他的精神一直激励着后人。但是谁能想到,这样一位杰出的人物,早年却连一顿饱饭都吃不上,常常以凉粥充饥。

范仲淹从小就立下了"心忧天下"的远大志向。有一次,他跟母亲到庙里烧香。他在神像前祷告,问菩萨:"我将来能做宰相吗?我要是能做宰相,就要做好宰相;不能做宰相,就做个好医生。良相和良医都能造福于人。"怀揣着这样的祈愿,范仲淹自小读书就勤奋刻苦。在范仲淹两岁时,父亲范墉就病逝了,家境困窘。长大后,全家只靠母

亲为大户人家缝补衣物来勉强维持生活,常常一天只能吃两顿粥。母亲根本无力供范仲淹读书。苦难并没有使范仲淹丧失志向、抛弃梦想,他决定自学成才。为了寻找一个安静的地方读书,他背起行囊前往离家不远的醴泉寺,请求住持借一间旧僧舍。寺院住持被这个年轻人的好学精神和高远的志向打动,满足了他的要求。

从那以后,范仲淹便在醴泉寺中寄宿苦读。每至深夜,和尚们诵经既毕休息后,范仲淹还在读书。他总是带着书卷,蹑手蹑脚来到大殿佛堂,借着佛像前的长明灯,全神贯注地攻读。由于家贫,范仲淹的生活极其艰苦,每天只煮一碗稠粥。等粥凉了以后,将其划分成四块,早晚各取两块,拌几块腌菜,就着醋吃,吃完继续读书。于是,后世便有了"划粥断齑"的典故。

转眼间,三年过去了,范仲淹把他所在的长山地区的书籍几乎全都借读遍了。为了求得更多的知识,范仲淹一边读书,一边砍柴,以积攒远行求学的盘资。一段时日后,他收拾了几件简单的衣物,含泪拜别慈母,步行去睢阳应天府书院读书。应天府书院是宋代著名的四大书院之一,环境非常好,共有校舍一百五十间,校舍宏伟。书院藏书数千卷。在这样的书院读书,范仲范既可求教于名师,又可与同学互相切磋,还可阅览大量的书籍。况且学院免费

教学，这更是经济拮据的范仲淹求之不得的。他十分珍惜这个机会，不分昼夜地刻苦攻读。

在应天府书院读书期间，范仲淹依然过着"划粥断齑"的艰苦生活。范仲淹的一个同学将这一情况告诉了自己的父亲。同学的父亲听说后，在对范仲淹的贫穷处境充满同情的同时，也被范仲淹刻苦学习的精神感动，于是吩咐家人做了一些好吃的食物，叫儿子带给范仲淹。那个同学说："这是我父亲叫我送给你的，赶快趁热吃吧！"范仲淹回答："不！我怎么能够接受你的食物呢？你还是带回去吧！"那个同学以为范仲淹不好意思接受，连忙放下食物，回家去了。过了几天，那个同学又来到范仲淹的住所，发现上次送给他的食物丝毫未动，已经发霉了。于是他责备范仲淹说："看，叫你吃你不吃，食物都发霉了。你为什么不吃呢？"范仲淹回答："并不是我不想吃，而是我已经过惯了艰苦的生活。如果吃了这些美味佳肴，以后再过艰苦的生活就会不习惯，所以我就没有吃。感谢你父亲的一片好意。"那个同学回到家，将范仲淹的话如实地告诉了父亲。他父亲说："范仲淹真是一个有志气的孩子，日后必定大有作为呀！"

据说，范仲淹在应天府书院读书的五年中，竟然从来没有脱衣服睡过觉。有时夜里读书劳累，昏昏欲睡时，他

就用冷水洗脸提神。而且他常常是白天苦读,什么也不吃,直到日头偏西才吃一点东西。就这样,范仲淹连岁苦读,从春至夏,经秋历冬。数年之后,范仲淹终于对儒家经典——《诗经》《尚书》《易经》《礼记》《左传》等书的主旨了然于胸。吟诗作文,也慨然以天下为己任。他决心担当起为国效力的重任。

二十六岁那年,范仲淹终于考中进士。为官期间,范仲淹一直以天下为己任。至今,民间还流传着许许多多有关他的感人故事。相传在天禧五年(1021年),范仲淹曾被调往泰州海陵西溪镇(今江苏省东台县附近),做盐仓监官——负责监督淮盐的储运转销。本来,盐仓监官只是个闲职。可范仲淹却是个有心人,他很快发现这里有许多事情需要做。当地多年失修的海堤已经破败不堪,盐场亭灶失去了屏障,周边的农田民宅也屡遭海潮威胁。遇上大海潮,水淹泰州城,成千上万的灾民就会流离失所,官府盐产与租赋也都会蒙受损失。为此,他上书江淮漕运使张纶,痛陈海堤失修之弊,建议在通州、泰州、楚州、海州(今连云港至长江口北岸)沿岸,重修一道坚固的捍海堤堰。对于进行这项浩大的工程,张纶深表赞同,并奏准朝廷,调范仲淹任兴化县令,全面负责治堰工程。

天圣二年(1024年)秋,范仲淹率领来自四个州的数万

名民夫,奔赴海滨。但治堰工程开始不久,便遇上夹雪的暴风,接着又是一场大海潮,一百多个民夫丧生。部分官员认为这是天意,堤堰不可能修成,主张彻底停工。事情报到京师,朝臣们也踌躇不定。

而范仲淹依然坚持维修堤坝并亲临现场指挥。大风卷着浪涛猛烈地冲击着他的腿。面对惊涛骇浪,民夫都纷纷惊避,官吏们也张皇失措,范仲淹却纹丝不动。

在范仲淹等人的坚持和努力下,绵延数百里的堤堰横亘在黄海滩头,从此盐场和农田都有了保障。往年受灾流亡的数千户居民,又扶老携幼返回家园。人们感激范仲淹,都把堤堰叫作"范公堤"。更为有趣的是,兴化县不少灾民,竟跟着他姓了范。

1040年,范仲淹以"龙图阁学士"的身份出任陕西经略安抚招讨副使,兼知延州,抵御西夏侵犯。1043年出任副宰相后,他和挚友欧阳修等人提出了"均田赋、减徭役"等十项改革建议,这就是"庆历新政",却遭到皇亲国戚守旧派的反对,并被罢免相位。他请求自贬为邓州知州。

在邓州任上时,范仲淹仍以天下为己任,励精图治,大兴教育之风。他应好友滕宗谅之邀,写下了流传千古的名作《岳阳楼记》。文中"先天下之忧而忧,后天下之乐而乐"之句亦成为激励后人的千古绝唱。南阳人民一直为历史

上有过这样一位父母官而自豪。

范仲淹把自己的一生无私地献给了祖国和人民,产生了极为深远的影响。他领导的庆历新政,成为王安石"熙丰变法"的前奏;他对某些军事制度和战略措施的改善,使西线边防稳固了相当长时间;经他荐举的一大批学者,为宋代后来的学术鼎盛奠定了基础;他倡导的先忧后乐思想和仁人志士节操,在中华文明史上闪烁异彩,是我们宝贵的精神财富。因此,朱熹称他为"有史以来天地间第一流人物"!今天,各地有关范仲淹的遗迹一直受到人们的保护和纪念,而他"心忧天下"的精神一直代代相传!

书院 书院开始只是地方教育组织,最早出现在唐朝,正式的教育制度则是由宋代朱熹创立后得到发展的。书院原由富室、学者自行筹款,于山林僻静之处建学舍,或置学田收租,以充经费。著名的书院有江西庐山的白鹿洞书院、湖南长沙的岳麓书院、河南商丘的应天书院、江西上饶的鹅湖书院、湖南衡阳石鼓山的石鼓书院、河南登封太室山的嵩阳书院等。后由朝廷赐敕额、书籍,并委派教官、调拨田亩和经费等,逐步变为半民半官的地方教育组织。

仁宗庆历年间,各地州府皆建官学,一些书院与官学

合并。神宗时,朝廷将书院的钱、粮一律拨归州学,书院一度衰落。

❁ ❁ ❁

不以物喜,不以己悲。

——(北宋)范仲淹

举家食粥著"红楼"

在中国文坛上,扬名海外的作家不少。但是,能够默默无闻举家食粥十载,辛辛苦苦著就一部作品,从而扬名海外、流芳千古的作家,除曹雪芹外绝无他人。

曹雪芹是清代著名的文学家、小说家。他出身于大官僚地主家庭。家道衰落后,他饱尝人间辛酸,后以坚忍之毅力,过着举家食粥的日子,在悼红轩中批阅十载、增删五次,写出"满纸荒唐言、一把辛酸泪"的伟大作品《红楼梦》,真可谓"都云作者痴,谁解其中味"。

康熙五十四年(1715年),曹雪芹生于江苏南京利济巷江宁织造府署。他的曾祖父曹玺曾任江宁织造;曾祖母孙氏曾服侍过幼时的康熙帝玄烨;祖父曹寅做过康熙皇帝的伴读和御前侍卫,后任江宁织造,兼任两淮巡盐监察御

使,极受康熙宠信。康熙六下江南,其中四次由曹寅负责接驾,并住在曹家。康熙五十一年(1712年),曹寅病故,其子曹颙、嗣子曹頫先后继任江宁织造。

曹雪芹就是在这久浸"秦淮风月"的"繁华锦绣"之乡长大的。雍正初年,受封建统治阶级政治斗争的牵连,曹家遭受一系列打击。曹頫以"行为不端""骚扰驿站"和"亏空"罪名被革职,家产被抄。曹頫下狱治罪,被监禁一年有余。这时,曹雪芹只有十三岁,随着全家迁回北京居住。曹家日渐衰微。经历生活中的重大转折,曹雪芹深感世态炎凉,对封建社会有了更清醒、更深刻的认识。他蔑视权贵,远离官场,过着一贫如洗的艰难日子。据说曹雪芹在家道败落后,最初居住在北京崇文门外的卧佛寺。在江南时,曹家就与佛门多有联系,曹雪芹自幼受家庭熏陶,与僧尼寺庵交往接触自是情理中的事。所以在他穷困潦倒之时,就寄居卧佛寺,甚至在此期间开始构思《红楼梦》。《红楼梦》第一回便写一寄居葫芦庙的穷儒贾雨村,此处大概影射的是作者寄居卧佛寺、作文卖字、过了中午还吃不上饭的落魄生活状况。

乾隆四年(1739年),本就处在风雨飘摇中的曹家因"弘晳逆案"受到牵连,再次遭受重创。亲眼目睹自己的家庭一步步从富贵走向败落,曹雪芹并没有因此而绝望,而是开始孕育"醉余奋扫如椽笔,写出胸中块垒时"的宏大意愿,这也正是后来他写作《红楼梦》的真正原因。

后来,为了糊口,曹雪芹先在内务府做过短时期的堂主事,即整理文书档案的工作。乾隆十年(1745年)前后,曹雪芹在专为皇室子弟开设的官学——右翼宗学管理日常事务两年。在这里,曹雪芹结识了宗室子弟敦敏和敦诚两兄弟。他们因为有过同样的经历而成了知己。

乾隆十五年(1750年)前后,曹雪芹的境况越来越差。他在城里已经没了立足之地,便搬到香山卧佛寺附近的西山黄叶村居住,过着"茅椽蓬牖,瓦灶绳床"的困顿生活。据说敦敏、敦诚兄弟二人有一次带着几罐好酒去西山看望曹雪芹,曹雪芹实在太贫穷,只好采摘瓜花做下酒菜。此事让敦诚终生难忘,于是他写了脍炙人口的名句"瓜花饮酒心头乐"。另外,据敦诚、敦敏的诗,曹雪芹和妻子、儿子一家三口常常喝粥。但曹雪芹嗜爱喝酒,没钱买,便赊酒喝,待卖了画再还钱。于是便有了"举家食粥酒常赊"的名句流传于世。

然而,就是在这种艰难处境中,曹雪芹却表示,这些"并不足妨我襟怀"。于是他继续集中全部精力,一刻不停地埋头写作《红楼梦》。这种不畏艰辛、执着追求梦想的精神,深深感动了其好友敦诚。后来,敦诚曾写诗(《寄怀曹

雪芹》)对他进行鼓励:"劝君莫弹食客铗,劝君莫叩富儿门。残杯冷炙有德色,不如著书黄叶村。"

难能可贵的是,尽管曹雪芹自身困顿不堪,但他依然保持着高尚的节操。一方面,他对名与利很漠视。据说曹雪芹青年时就才华出众,能诗能文,绘画也很有名气。当时有人请他到皇宫书院当画师,收入丰厚。但曹雪芹穷而有志,宁肯过苦日子,也不愿去伺候达官贵人。另一方面,虽然曹雪芹身处艰难困苦之中,但他对穷苦人仍非常关心,竭诚相助。据说,曹雪芹有个邻居白媪贫病交迫,孤苦无依。曹雪芹不但常常照顾她的生活,给她治好了眼病,还把自己的草屋让了一间给她,使她不致流离失所。他还教会一个从征伤足、生活困顿、断炊无告的朋友于景廉(字叔度)扎糊风筝卖钱,并为他谱定新样,编写了《南鹞北鸢考工志》。另外,据西山的百姓回忆,曹雪芹医术很高明,为不少人治愈了疾病,一些有钱人患病被曹雪芹医好后,常常会买些东西送给曹雪芹,以报曹雪芹医病之恩。曹雪芹告诉这些人,不要给他买东西,钱先留着,如有病人看病抓不起药,会让病人去找他们,由他们来帮助垫付药费,这不是可以帮助更多的人解除病痛吗?就这样,曹雪芹治愈了许多贫苦百姓的疾病。对于曹雪芹的高明医术、高尚医德,人们都交口称赞。

乾隆二十五年(1760年)秋,曹雪芹的妻子去世。乾隆二十八年(1763年),北京天花病流行,曹雪芹唯一的爱子也得病死了。曹雪芹十分哀伤。他一面奋笔疾书,一面借酒浇愁。不久,他自己也贫病交加,竟在除夕这一天悄然离开了人世,终年不到五十岁。

曹雪芹去世三天后,大年初四,在亲友的帮助和曹雪芹叔父的张罗下,曹雪芹发送安葬的身后事总算有了着落。出殡时,疏疏落落的十几个人,随着灵柩慢慢地走到香山东北山坡的那一片坟地,草草地把曹雪芹葬在他亡儿的冢旁。

一代伟大的作家就这样悄然离世了,但是他以"字字看来皆是血,十年辛苦不寻常"的精神创作的鸿篇巨制《红楼梦》,却一直活到今天。如果曹雪芹没有举家食粥著"红楼"的毅力,没有不慕名利的高尚品质,没有家庭衰败后与下层百姓的亲密接触,或许就根本不可能有《红楼梦》的问世。事实上,已流传两百多年的《红楼梦》以它的无限艺术魅力,名满天下,吸引着一代又一代的"红学"研究者前仆后继地埋头研究,这无疑是对曹雪芹先生举家食粥著"红楼"精神的充分肯定。

知识链接

弘晳逆案 弘晳逆案是指发生在乾隆四年时清朝皇室内部为争夺皇位而发生的一起政治夺权事件。主谋爱新觉罗·弘晳是康熙朝太子胤礽之子。在历经胤礽两立两废变故，雍正、乾隆二帝相继继位后，作为康熙嫡长孙的弘晳心有不甘，且朝中多有持"立嫡立长"的宗室成员附之。事件很快被乾隆帝发觉，他快刀斩乱麻，迅速结案。事后弘晳遭削爵、圈禁，党附者同遭打击。弘晳逆案是康熙末年储位斗争的余波。

❄ ❄ ❄

世事洞明皆学问，人情练达即文章。

——（清）曹雪芹

蓄须明志德艺馨

一个优秀的艺人之所以能赢得世人赞许,不仅在于其身怀优秀的技艺,还在于其具有高尚的品德和节操。自古以来,很多艺人都把品德看得比生命还重要。京剧大师梅兰芳就是这方面最为典型的代表,社会上流传着关于他的许多爱国故事。

九一八事变后,东北沦陷,日本侵略者的铁蹄踏向华北,威胁着北平和天津。梅兰芳极其痛恨日本人,誓死不当亡国奴,举家从北平迁到上海。在上海,为了鼓舞人们的抗日斗志,他编演了《抗金兵》和《生死恨》两出戏。《抗金兵》讲的是南宋女英雄梁红玉抵抗金军侵略的故事;《生死恨》表现的是在金军的统治下人民的痛苦生活和反抗精神。这两出展现爱国思想的新戏一上演,就受到观众的喜

爱。有一次，梅兰芳连演三场《生死恨》，观众踊跃买票，把票房门窗的玻璃都挤碎了。

七七事变爆发后，日军又于1937年8月13日进攻上海。日本人占领上海不久，得知蜚声世界的"京剧第一名旦"梅兰芳住在上海，就派人请梅兰芳到电台讲话，让其表示愿为日本的"皇道乐土"服务。梅兰芳洞察日本人的阴谋，便决定尽快离沪赴港。于是他巧妙地说："我马上要到香港和内地作巡回演出。"不久，他就前往香港演出。演出结束后，他就留在了香港。为了摆脱日本人的纠缠，他决定不再露面，不再登台演出，就在家里练唱昆曲。后来，日军攻占了香港。日军知道梅兰芳正在香港，就到处找他。梅兰芳心想："躲是没地方躲了，可我绝不为日本人唱戏！"

一次清晨洗脸，梅兰芳第一次打破惯例，没有刮胡子。儿子感到很奇怪，问："爸爸，您不是每天都刮胡子吗？今天怎么不刮了？"

"我留了胡子，日本鬼子还能强迫我去演戏吗？"梅兰芳微笑着说。

"原来如此，爸爸真会想办法。"儿子高兴地说。

一天上午，日军司令官酒井派人把梅兰芳接去。一见面，酒井就假装热情地说："我过去看过您的戏，您还认识我吗？怎么，您留起小胡子了？像您这样一位举世闻名的

大艺术家,怎么能刚步入中年就退出舞台呢?"

梅兰芳坦然地说:"我已经快五十岁了。一个演旦角的,如今年岁大了,扮相和嗓子都不行了,已经失去上台演出的资格。这几年我都赋闲在家习画,颐养天年啊!"酒井一听,很不高兴。过了几天,酒井又派人找梅兰芳,一定要他登台演出,以粉饰被日本统治的香港的繁荣。正巧梅兰芳患了严重的牙病,半边脸都肿了。酒井了解情况后,无可奈何,只得作罢。

第二天,梅兰芳感到事态十分严峻,香港也不宜久留。于是,立即坐船返回了阔别三年多的上海老家。回到上海后,梅兰芳住在梅花诗屋。为了不给日本人演戏,他深居简出,闭门谢客。

有一天,汪伪政府的大头目褚民谊突然闯到梅兰芳家中,要他作为团长率领剧团赴南京、长春和东京演出,以庆祝所谓"大东亚战争胜利"一周年。

褚民谊身处汪伪政府的核心。汪伪政府刚成立时,汪精卫当行政院院长,他就当行政院副院长兼外交部长。后来他还任汪伪政府的中日文化协会理事长。他原是国民党内有名的业余昆曲爱好者,对演戏之类的事,自认为是内行。所以他前来要梅兰芳去为日本人服务。梅兰芳向来鄙视这些无耻的汉奸卖国贼,于是用手指着自己的胡

子,轻蔑而又不屑地说:"我已经上了年纪,好久都没有吊嗓子,早已退出舞台了。"

褚民谊阴险地笑道:"小胡子可以刮掉嘛,嗓子吊吊也会恢复的。哈,哈,哈。"

梅兰芳见褚民谊阴险相迫,就话带讥讽:"我听说您一向喜欢玩票,大花脸唱得很不错。我看你作为团长率领剧团去慰问,不是比我强得多吗?何必非我去不可!"

褚民谊听到这里,那肥嘟嘟的脸顿时敛住笑容,红一阵白一阵,支吾了两句,狼狈地离开了。

过了几天,日军派人督促梅兰芳出演,威胁说如果不出演,就要军法处置。梅兰芳事先得到消息,一连打了三针伤寒预防针,果然高烧不止。日军军医前来检查,一看梅兰芳烧得迷迷糊糊的,只好走了。

因为不给日本人演戏,梅兰芳坐吃山空,生活上非常拮据。他原有一笔演出的收入,在赴港时,曾带往香港存入银行。可是返回上海不久,这笔大额存款被全部冻结,梅兰芳无法将其取出。一直靠利息过日子的梅兰芳生活顿时举步维艰。他问夫人怎么办?夫人说:"报纸登出了何香凝女士卖画谋生的消息,我们不妨来学她。发挥你的绘画才能,卖画度日如何?"

其实梅兰芳早有这个想法,只是没有说出口,怕夫人

不同意。这次夫人主动说出来,他自然点头称好。两人着手构思,夫人研墨,丈夫绘画。不到八天,梅兰芳就画了二十多幅鱼、虾、梅、松图,送到一家书画店。当看到醒目的"本店出售梅兰芳先生画作,欢迎光临"的广告时,市民争相购买。不到两天,二十多幅画就全部卖完了。

这件事传出后,上海文艺界、新闻界、企业界反响十分热烈,许多知名人士提出要为梅兰芳办画展。梅兰芳得知后特别高兴。为不负众望,他苦战半个月,画了几十幅作品,交给主办者。主办者选定重阳节在上海展览馆展出,请梅兰芳夫妇届时光临剪彩仪式。

消息不胫而走。日伪汉奸获知后派来一群便衣警察,提前进入展览大厅捣乱,前来参观的群众见状纷纷离开。梅兰芳到来后,看见门口冷冷清清,觉得奇怪。当他走进展厅后,发现每幅画上都用大头针别着纸条,分别写着"汪主席订购""周副主席订购""冈村宁次长官订购",还有一些写着"送东京展览"字样。梅兰芳夫妇目睹此景,气得两眼冒火,立即拿起桌上的裁纸刀,刺向一幅幅画。"哗!哗!哗!"几分钟,画都化为碎纸。

梅兰芳义愤填膺地毁画的举动,很快传遍整个上海,传遍大江南北。宋庆龄、郭沫若、何香凝、欧阳予倩发表声援讲话,称赞梅兰芳极具民族气节,为世人所景仰。广大

群众也纷纷来信,支持梅兰芳的爱国行为。梅兰芳看到获得如此赞赏和支持,感动得热泪盈眶,兴奋地对夫人说:"我梅兰芳再也不是一只孤雁了!"

卖画谋生不成,梅兰芳断了经济来源,他只好挥泪出卖北京的房子,接着又出卖自己多年收集的藏品。尽管这样,他后来还是靠举债度日。上海日伪政权看到梅兰芳生活日渐窘迫,认为逼迫梅兰芳就范的时机已到,便一再催他出演,仍被拒绝了。梅兰芳说:"一个人活到一百岁也总是要死的,饿死就饿死,没什么大不了的!"

梅兰芳后来曾苦涩地回忆起那些年的沧桑历程:"一个演员正在表演力旺盛之际,因为抵抗恶劣的社会环境,而蓄须谢绝舞台演出,连嗓子都不敢吊,这种痛苦我无法用语言来形容。我之所以绘画,一半是为了维持生活,一半是借此消遣。否则,我真要憋死了。"

1945年8月15日,日寇投降的消息传来。梅兰芳激动地流下眼泪,笑着对夫人说:"天亮了,这群日本强盗终于完蛋了!"

这天,几位朋友兴高采烈地来到梅家道喜。只见梅兰芳身穿新衣,精神焕发,手拿一把纸扇遮住了半张脸。

"梅先生,您一定刮了胡子,对吧?"

梅兰芳笑着把扇子一撒,露出刮了胡子的面孔,说:

"抗战胜利了,我就要重返舞台了!"

不久,梅兰芳就在上海演出了,场场爆满。观众说:"我们就是要看看八年不给日本鬼子唱戏、如今刮了胡子的梅兰芳!"

梅兰芳是一位技艺精湛的表演大师,他从不对观众摆架子,对同行也谦虚礼让,始终保持高尚的戏德。

过去,演员唱一场戏得一份钱,有病可以请假,遇到天气不好还可以"回戏"(即临时宣布停演)。可每次梅兰芳都尽量克服困难,替观众着想。他说:"观众事先不知道回戏,顶风冒雪从老远赶来听戏,让人家白跑一趟,太不应该了。"

有一次,他嗓子哑了,可第二天要演一出极具唱工的戏。这可怎么办呢?

演出那天,他很早就来到后台,每隔半小时就向喉咙喷一次药,可嗓子一点不见好转。大家很着急,有人提出回戏。可梅兰芳知道剧场已坐满观众,怎能让观众扫兴而归呢?他没有同意,强打精神化妆。大家都很替他担心。

在观众热烈的掌声中,梅兰芳上台了。他和刚才在后台时判若两人,精神焕发,唱念精彩。不过,内行人却听出他的嗓音变窄了。戏演完后,有人赶往后台,关心地问:"梅先生,您今天的嗓音怎么变窄了?"

"您还不知道吧?两个钟头前,我的嗓子还是哑的呢!"

"那您怎么还上台?这是怎么唱出来的呢?"

"不上台,怎么对得起观众?我这是在没办法的情况下临时用的一个救急方法,这戏是用半个嗓子唱的!"

"半个嗓子,这怎么唱?"

"这是全凭一股虚劲把嗓子提起来唱的,劲头如稍用过一点,马上又会哑不成声。这是假嗓,怕低不怕高,怕宽不怕窄。过去我从来没用过,今天完全是临时被逼出来的。"

在场的人感叹不已,不仅为他丰富的舞台经验所倾倒,更为他一心为观众着想的精神所感动。

走过几十年的艺术生涯,梅兰芳取得了世所公认的成就,他也成为中国传统戏曲艺术最卓越的代表。1949年,中华人民共和国成立前夕,他应邀参加了第一届政治协商会议。中华人民共和国成立后,他担任中国文联和戏剧家协会副主席、中国戏曲研究院院长、中国京剧院院长。他经常参加国内外各种文化交流活动,从事艺术研究,还认真培养青年演员。他的学生不但有京剧演员,还有不少是地方戏的演员。全国各地都向他发出邀请,希望他能到那里演出。他理解人民的要求,在十年的时间里走过十九个

省,满足了观众"看看梅兰芳"的愿望。

1959年,在中华人民共和国成立十周年的时候,梅兰芳排演了他一生中最后一出新戏——《穆桂英挂帅》。那年,他已经六十五岁,可他扮演的穆桂英仍然神采奕奕,为十周年国庆增添了无限喜庆。

梅兰芳晚年患有心脏病。可他不顾这些,一心要为更多的人演戏。1961年夏天,六十七岁的梅兰芳应邀到新疆参加铁路建成典礼,并进行演出。一想到能到大西北为人民演戏,他很激动,做好了各种准备。不料就在这时候,他因心脏病发作,住进了医院。新疆去不成,他十分着急。8月4日,周恩来总理来医院探视梅兰芳,对他说:"梅先生,我正在北戴河开会。听说你病了,特意赶来看你。"

梅兰芳有些着急地说:"新疆有条铁路刚刚建成,约我参加通车典礼。火车票都买好了,可我却去不成了!"

"不要急,你现在的任务就是好好养病。等病好了,还愁不能演出吗?"周总理安慰他。

四天后,梅兰芳去世了。

如今,虽然戏曲大师梅兰芳已经离开我们五十余年,但他为中国人民创作的艺术精品将永远是中华民族的瑰宝,他的高尚品德与节操也将永为人们所景仰。

梅派 梅派是指由梅兰芳创立,在京剧旦行中首先形成的、影响极其深远的京剧流派。"梅派"主要综合了青衣、花旦和刀马旦的表演方式,在唱、念、做、舞、音乐、服装、扮相等各个方面,进行不断的创新和发展,将京剧旦行的唱腔、表演艺术提高到全新的水平,达到了完美的境界。

✳ ✳ ✳

输不丢人,怕才丢人!

——梅兰芳

俯首甘为孺子牛

鲁迅,一个人们耳熟能详的名字;一个永远活在无数文学爱好者心中的名字。为什么鲁迅的名字会有这样持久的生命力?其原因大概在于:虽然鲁迅不是统领百万雄师的将领,他的麾下也没有一兵一卒,但是他却以笔代剑,以"虽九死而犹未悔"的气魄致力于改造国民的灵魂,为中国的民众开拓出一片"精神战场"。

鲁迅,原名周树人,清朝光绪辛巳年八月初三(1881年9月25日)出生于浙江省绍兴市会稽县东昌坊口新台门周家。周家是书香门第,鲁迅的祖父周福清是清同治十年(1871年)辛未科进士,在北京任职。鲁迅的父亲周伯宜是周福清的大儿子,读书至秀才。

周福清在任时,周家家境殷实,但后来因一桩"科考

案"而走向了败落。当时清朝科举考试作弊成风,周福清疏通官场,想让儿子周伯宜考中举人,不料被告发,周伯宜在考场被拘留。其时周福清在上海,听说儿子被抓就迅速回到绍兴,主动向会稽县衙自首。为了上下疏通,鲁迅的母亲变卖资产,向官府层层送礼,几经周折,周福清才由死刑变为"斩监候"。也就是说,周福清的命暂时保住了,但每年行刑的时候他仍有被处斩的危险。于是家里人为保全他的性命,每年都要用大量的钱财去贿赂官员。

这样的情况持续了六七年,周家生活陷入困顿。就在周家元气大伤之际,鲁迅的父亲生病,卧床不起。当时鲁迅只有十三四岁,他每天奔走于药铺与当铺之间。花了很多钱,父亲的病仍未医好,1896年10月,周伯宜离开了人世。

家庭的变故对少年鲁迅产生了深刻的影响。他是家中的长子,上有孤弱的母亲,下有幼小的弟妹,他不得不同母亲一起肩负起生活的重担。天真活泼的童年生活结束了,他过早地体验到人生的艰难和世情的冷漠。他经常拿着医生为父亲开的药方到药店取药,拿着东西到当铺变卖。周围人的话语是冰冷的,眼光是冷漠的,脸上常常带着鄙夷的表情。鲁迅对这些印象深刻,使他感到人与人之间缺少真诚的同情和友爱,人们很势利。多年之后,鲁迅

还非常沉痛地说:"有谁从小康人家而坠入困顿的么,我以为在这途路中,大概可以看见世人的真面目。"(《〈呐喊〉自序》)

家道的衰败使鲁迅认识到世态的炎凉,他决定"走异路,逃异地,去寻求别样的人们"。鲁迅的母亲鲁瑞看到鲁迅去意已决,就为儿子筹集了八元的路费,送鲁迅进了江南水师学堂,后来鲁迅又改入南京路矿学堂学习。这两所学校都是洋务派为了富国强兵而兴办的,均开设了数学、物理、化学等课程。期间,鲁迅还阅读了大量外国文学和社会科学方面的著作,开阔了视野。特别是接触了严复翻译的英国人赫胥黎著的《天演论》中介绍的达尔文的进化论学说后,鲁迅深刻认识到:现实世界并不是和谐完美的,而是充满激烈竞争的。一个人、一个民族,要想生存,要想发展,就要有自立、自主、自强的精神,不能甘受命运的摆布,不能任凭强者的欺凌。这为他后来提出"掊物质而张灵明,任个人而排众数"的"立人"思想奠定了基础。

鲁迅在南京路矿学堂学习期间成绩优异,毕业后获得了公费留学的机会。1902年,鲁迅东渡日本,开始在东京弘文学院补习日语,后来进入仙台医学专门学校(现为日本东北大学医学部)学习。因为他认为那时中国的大部分中医都是庸医,所以他想认真地学好医学,去救治像他父

亲那样被中医所误的病人,改善被讥为"东亚病夫"的中国人的健康状况。

在日本学医期间,鲁迅经常受到日本人的歧视。在他们的眼里,中国人都是"低能儿",鲁迅的解剖学成绩考得不错,就被他们怀疑是担任解剖课教师的藤野严九郎把考题泄露给了他。这使鲁迅深感作为一个弱国子民的悲哀与无奈。但是他并没有因此就放弃"医学救国"的梦想。弃医从文的决定源于后来发生的"幻灯片事件"。

有一次,鲁迅看到一群人围在一起看幻灯片。幻灯片的内容大概是:1905年日俄战争期间,一个中国人给俄国人当汉奸,被日本人抓去砍头的故事。鲁迅发现,不仅影片中有许多麻木的中国人在观看杀头的场面,而且当时观看幻灯片的人中也有许多中国人。

鲁迅清醒地认识到,国人纵使有健全的体魄,如果精神上是麻木的、不觉醒的,那么中华民族也是没有任何希望和未来的。他意识到,要想改变中华民族的悲剧命运,先要改变中国人的精神;而能改变中国人精神的,首先是文学和艺术。于是,鲁迅毅然弃医从文,离开仙台医学专科学校到东京,开始翻译外国文学作品,筹办文学杂志,发表文章,从事文学创作活动。

当时,他与朋友们讨论最多的是关于中国国民性的问题:什么是理想的人性?中国国民性中最缺乏的是什么?它的病根何在?通过思索这些问题,鲁迅将个人的人生体验同整个中华民族的命运联系起来,为他后来成为一个文学家、思想家奠定了思想基础。当时,他和他的二弟周作人共同翻译了两册《域外小说集》,他个人单独发表了《科学史教篇》《文化偏至论》《摩罗诗力说》等一系列重要文章。在这些文章中,他提出了"立国"必先"立人"的重要思想,并热情地呼唤"立意在反抗,指归在动作"的"精神界之战士"的出现。

1909年,鲁迅怀着一颗拯救国民于水火的拳拳之心回到祖国。他始终关注着农民和知识分子两大群体,并努力挖掘存在于国民精神深处的"劣根"性,想以此"引起疗救的注意"。在这一思想的指引下,鲁迅一生笔耕不辍,共写作了六百多万字的作品。作品包括杂文、短篇小说、诗歌、评论、散文、翻译作品等,对"五四"新文学及其后的中国文学产生了极其深远的影响。

但鲁迅并没有因此而自满,因为他的目的不是获取金钱和荣誉,而是拯救国民于水火,所以他对那些外在的名与利看得极其淡泊。1927年,来自诺贝尔故乡的探测学家斯文海定到我国考察,在上海了解到鲁迅的文学成就以

及他在中国文学界的巨大影响后,这位爱好文学的瑞典人与刘半农商量,准备推荐鲁迅为诺贝尔文学奖候选人。刘半农托鲁迅的好友台静农去信征询鲁迅的意见。鲁迅收到信后,明知这是一个很高的奖项,还是婉言谢绝了。鲁迅在给台静农的回信中郑重地说:"我觉得中国实在还没有可得诺贝尔奖赏金的人,瑞典最好不要理我们,谁也不给。倘因为黄色脸皮的人,格外优待从宽,反足以长中国人的虚荣心,以为真可以与别国大作家比肩了,结果将很坏。"鲁迅的回信反映:一方面他理性地看到中国和其他国家在文学上的差距,另一方面他预想到这样的荣誉可能会引起国人的自满情绪。所以他宁可不要诺贝尔文学奖,也希望国人能在精神上保持镇定与清醒状态!

　　正是这种不图名利、"俯首甘为孺子牛"的精神,使鲁迅能够"肩住黑暗的闸门",放别人到光明的地方去。然而在那样一个黑暗的年代,鲁迅是孤独的,甚至是不被人理解的。尤其是他蛰居上海的最后十年,帝国主义的野蛮侵略、国民党"一党专政"的黑暗统治,以及兄弟的失和、曾经给予帮助的青年人的背叛,使鲁迅感觉异常的压抑与苦闷。但是在那样的艰难时刻,鲁迅仍没有放弃自己手中的"投枪",依然以"反抗绝望"的决绝姿态与社会上一切不利于人民的现象作着殊死的搏斗,直到他生命的最后一刻!

知识链接

秀才 古代科举制度有乡试、会试和殿试之设。不过在乡试之前,学道内有童子试。童子试过关就是秀才,才有资格参加乡试,乡试的取中者叫"举人";举人再参加的就是京城的会试和皇上钦点的殿试,会试取中者称为"贡士";同理,贡士中参加殿试的一二三名就是所谓的"进士",一甲进士的一、二、三名就是所谓的"状元"、"榜眼"和"探花"。

❈ ❈ ❈

其实地上本没有路,走的人多了,也便成了路。

——鲁迅

炎黄赤子"黄河"梦

　　冼星海,中国近现代著名的音乐家和作曲家。原籍广东番禺县,1905年生于澳门一个贫苦的船工家庭。据说他出生的时候,母亲看到了大海以及海面上的朗朗星空,所以就给他取名"星海"。父亲冼喜泰曾做过水手,后以捕鱼为生。但不幸的是冼星海出生前,父亲就已经过世,母亲黄苏英带着他寄居在外祖父家。一直到六岁,冼星海基本上都是在澳门度过的。幼年时期的冼星海常年随母亲在海上漂荡,他常常迷醉在外祖父忧伤绵长的箫声和渔民如歌如泣的民谣曲中。因此,冼星海幼小的心中就播下了音乐梦想的种子。他渴望有一天也能谱写出真正属于自己的曲子。

　　1911年,外祖父逝世,母亲带着冼星海去了新加坡,

靠做佣工维持生活。在新加坡,母子二人又漂泊了整整七年。1918年,为了让冼星海能够接受更好的教育,母亲想尽一切办法来到广州,把十三岁的冼星海送进了岭南大学基督教青年会所办的义学读书。冼星海在义学学习努力刻苦,各门功课都很好,最让他着迷的则是音乐课。由于爱好音乐,他参加了义学的唱诗班和管弦乐队,表现出音乐方面特有的天赋。因为他吹箫别有一番韵味,后来人们赞誉其为"南国箫手"。

1926年春,冼星海为了追寻自己的音乐梦想,卖掉了心爱的小提琴,在朋友的资助下,只身来到北京。他考入北京大学音乐传习所,并靠在学校图书馆任助理馆员维持生活。

1928年,冼星海进入上海国立音乐学院,主修小提琴和钢琴两个科目。在上海期间,他亲眼目睹了中国黑暗的社会现实以及人民处于水深火热之中的境况,极其渴望以音乐激起人们的斗志,挽救国家于倾颓,拯救人民于水火。1929年7月,冼星海发表了《普遍的音乐》一文,提出了自己的音乐梦想。他认为"中国需求的不是贵族式或私人的音乐,中国人所需求的是普遍的音乐",学音乐的人要"负起一个重责,救起不振的中国"。学习音乐的人要"好好地用功",要"做普通人所不能做到的事情,而且要吃普通人

所不能吃的苦","做一个真伟大的人,不是做一个像伟大的人"。

正是为了实现自己"音乐救国"的远大梦想,1929年,冼星海决定出国深造,到异邦去寻求能够振奋人心的音乐元素。当年冬天,胸怀大志的冼星海告别故乡和亲人,毅然踏上去巴黎的求学之路。

初到巴黎,冼星海就在餐馆做跑堂、在理发店做杂役,很难解决自己的温饱问题,几次晕倒在塞纳河畔梧桐树下,险些被法国警察送进陈尸所。后来,他结识了中国留学生马思聪。经马思聪介绍,冼星海顺利进入了法国巴黎歌剧院,并师从首席小提琴家奥别多菲尔和音乐大师加隆。在法国巴黎歌剧院学习期间,大师们欣赏冼星海的毅力,破例免去了他每月两百法郎的学费。冼星海珍惜这一难得的机会,学习异常刻苦。后来,因为他根据唐朝诗人杜甫著名的诗篇《茅屋为秋风所破歌》而创作的奏鸣曲《风》,排上巴黎音乐学院新作品演奏会节目单,并在电台播出,冼星海开始小有名气。

1934年,冼星海考入巴黎音乐学院高级作曲班,学习作曲和指挥。当时在那里学习音乐的中国留学生中,只有他考取了这个高级作曲班,他还以鸣奏曲《风》获得了荣誉奖。学校要给他物质奖励,主考老师杜卡斯代表全体评委宣布:"我们决定给你荣誉奖。按照学院的传统规定,你可以提出物质方面的要求。"冼星海听了主考老师的话,沉吟半晌,然后用很低的声音哽咽着说了一个词:"饭票。"之后就再也说不出话来。

关于在巴黎求学时的贫困生活,冼星海后来有过这样的描述:

> 我常常在失业与饥饿中,而且求救无门……在繁重琐屑的工作里,只能在忙里抽出一点时间来学习提琴、看看谱、练习写曲。但是时间都不能固定,除了无论如何要想法去上课外,有时在晚上能够在厨房里学习提琴就好了,最糟的有时一早五点钟起来,直做到晚上十二点钟。有一次,因为白天上课弄得很累,回来又一直做到晚上九点钟,最后一次端菜上楼时,因为晕眩,连人带菜都摔倒,挨了一顿骂之后,第二天就被开除了……我失业过十几次,饿饭,找不到住处,一切困难问题都遇到过。有几次又冷又饿,实在坚持不住,在街上软瘫下来了……有过好几天,饿得快死,没法,只得提了提琴到咖啡馆、大餐馆中去拉奏讨钱。忍着羞辱拉了整天得不到多少钱,回

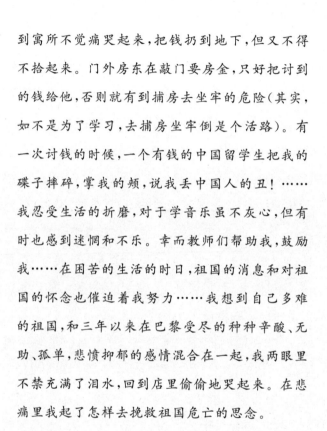

到寓所不觉痛哭起来,把钱扔到地下,但又不得不拾起来。门外房东在敲门要房金,只好把讨到的钱给他,否则就有到捕房去坐牢的危险(其实,如不是为了学习,去捕房坐牢倒是个活路)。有一次讨钱的时候,一个有钱的中国留学生把我的碟子摔碎,掌我的颊,说我丢中国人的丑!……我忍受生活的折磨,对于学音乐虽不灰心,但有时也感到迷惘和不乐。幸而教师们帮助我,鼓励我……在困苦的生活的时日,祖国的消息和对祖国的怀念也催迫着我努力……我想到自己多难的祖国,和三年以来在巴黎受尽的种种辛酸、无助、孤单,悲愤抑郁的感情混合在一起,我两眼里不禁充满了泪水,回到店里偷偷地哭起来。在悲痛里我起了怎样去挽救祖国危亡的思念。

正是出于对祖国的思念,1935年夏,他谢绝了巴黎音乐学院的挽留,毅然回到祖国,投入抗日救亡运动中。回到祖国后,他用满腔热血谱写出一首又一首激昂的曲子,以期唤醒民众,鼓舞人民的斗志。尤其是他1939年谱写出的举世闻名的大型音乐作品《黄河大合唱》,更是吹响了中华儿女爱国救亡的号角。

《黄河大合唱》是冼星海最杰出的作品。在写作这部乐曲之前,他一直就有一个愿望:用音乐表现中华民族的苦难、挣扎和奋斗,以及对自由幸福的追求和最终取得胜利的信心。《黄河大合唱》的诞生,正是作曲家孕育已久的创作冲动的必然结果,也是一个炎黄赤子"音乐救国"梦想的完美体现。

《黄河大合唱》是对光未然的诗作《黄河吟》加以谱曲、改编而成的。1938年10月,诗人光未然渡过黄河,奔赴山西吕梁山抗日根据地。当他见到黄河的惊涛骇浪、壶口瀑布的壮观景象,不禁惊呆了。万山丛中游击健儿的抗敌英姿,强烈地震撼着诗人的心弦。1939年初,诗人开始酝酿创作一部长篇朗诵诗。不久,光未然因行军时不慎摔伤,回延安住院治疗。冼星海与他在上海时就认识,得知消息后前去看望光未然。见面后,光未然谈起创作朗诵诗的构想,冼星海听后十分兴奋,希望自己有机会把它改写成歌词。光未然再也按捺不住创作的冲动,躺在病床上,一连五天口述了四百多行诗句,经人笔录,终于完成了《黄河吟》,这就是后来《黄河大合唱》的歌词。

1939年春的一天,抗敌演剧队第三队在延安一个宽大的窑洞里举办晚会,光未然和冼星海都应邀参加。光未然带病一气呵成地朗诵了自己的这部新作。冼星海听完

朗诵后,一把将诗稿抓到手里,激动不已地说:"这是一部中华民族的史诗。我要把它写成一部代表中华民族伟大气魄的大合唱。这将是中国第一部新形式的大合唱。我有把握把它谱好!我一定及时为你们赶出来!"于是,冼星海在延安的一孔简陋的土窑里,抱病连续创作六天,完成了这部具有历史意义的大型声乐作品《黄河大合唱》。

《黄河大合唱》以寄予炎黄子孙无限美好梦想的母亲河——黄河为背景,热情歌颂了中国人民坚强不屈的斗争精神,突出地表现了中国人民勤劳朴实、酷爱自由、胸怀宽广的崇高品德,愤怒地控诉了日寇的入侵给黄河两岸人民造成的深重灾难,最后以激昂的旋律威武雄壮地奏出了中国人民在共产党领导下,为反抗日寇侵略、保卫黄河、保卫全中国而英勇战斗的时代最强音。整部作品以扣人心弦的艺术感染力鼓舞人们为真理和正义而战斗。《黄河大合唱》是一部反映中国人民为求得民族解放、争取民族独立和民主自由而斗争的优秀作品,具有很高的艺术性和独创性。

《黄河大合唱》演出后,轰动了整个延安。1939年5月11日,在庆祝鲁迅艺术学校成立一周年晚会上,毛泽东观看了冼星海亲自指挥的演出。毛主席看了演出后,特别高兴,站起来使劲鼓掌,连声说:"好!好!好!"同年7月,

周恩来观看了《黄河大合唱》的演出,并亲笔给冼星海题词:"为抗战发出怒吼!为大众谱出呼声!"与此同时,郭沫若也在《黄河大合唱》的序中慷慨激昂地写道:"《黄河大合唱》是抗战中所产生的最成功的一个新型歌曲。音节雄壮而多变化,使原有富于情感的辞句,就像风暴中的浪涛一样,震撼人的心魄。"

1945年10月30日,冼星海因肺病在莫斯科克里姆林宫医院离世,年仅四十岁。同年11月14日,延安隆重举行了"冼星海追悼会",毛泽东主席亲笔题词:"为人民的音乐家冼星海同志致哀。"冼星海已经逝世多年,但作为一个炎黄赤子,他所著就的雄浑的"黄河"梦却一直为人们代代传唱,经久不衰!

巴黎音乐学院 巴黎音乐学院是巴黎国家高等音乐学院的简称。它1795年创建于巴黎,由法国皇家歌唱学校与国家音乐学院合并而成,由B.萨雷特任院长。波旁王朝复辟期间,它曾暂时被关闭,1816年恢复。该校设作曲、音乐学、音乐分析、演奏演唱及舞蹈等专业。在L.凯鲁比尼任院长(1812—1842年)期间,学校规定作曲系学

生必先娴熟掌握钢琴弹奏技巧,并学习对位、和声、赋格等理论课程。近两百年来,巴黎音乐学院培养了许多世界著名的音乐家,并为歌剧、舞蹈、戏剧、电影等表演艺术输送了众多人才。

❋ ❋ ❋

我有我的人格、良心,不是钱能买的。我的音乐,要献给祖国,献给劳动人民大众,为挽救民族危机服务。

——冼星海

文学青年辛酸泪

时间定格在 1924 年 11 月 12 日。北京此时已很寒冷,风沙极大。就在这样的天气,著名的现代作家郁达夫要去探望一个写信向他求助的文学青年。上午九时许,他按照信函上提供的地址,来到银闸胡同。在一个由储煤间改造而成的小房间里,郁达夫见到了一个境况颇为窘迫的年轻人:屋里没有火炉,墙壁上挂着冰霜,室内异常寒冷。年轻人只穿着两件破烂而又单薄的夹衣,用被子裹着两条腿在桌旁聚精会神地写着什么。看着年轻人冻得瑟瑟发抖的可怜模样,郁达夫毫不犹豫地将自己的围巾解下,拍拍上面的雪花,披在他的身上……

这个年轻人就是后来大名鼎鼎的现代文学作家沈从文。从沈从文后来所取得的突出文学成就看,一般人会认

为他一定有一个好的家庭背景,有谁知道他的人生历程却是令人感伤而心酸的。

沈从文,原名沈岳焕,字崇文,湖南省凤凰县人。1902年12月28日,沈从文出生在凤凰古城中营街的一座四合院里。由于家贫,沈从文只读过两年私塾,仅在小学受过正规教育,他的知识和智慧更多的是自然和人生这两部大书赋予的。凤凰城墙外有一条绕城而过的清澈河流,河两岸遍布奇花异草,这里是他儿时的乐园。他与小伙伴们在这里游水嬉戏,但也常常在河滩上看到被处决犯人的尸体。这自然的美与人世的残忍奇异地结合在一起,对沈从文后来的文学创作产生了深刻的影响。

因家里经济拮据,他没钱上学读书。十五岁那年,在征得母亲同意后,他应征入伍。五年的行伍生涯中,沈从文大部分时间辗转于湘西沅水流域。他在军队中多次目睹了残酷的杀人场景。残酷的现实彻底击破了沈从文的从军梦想。他决定离开军队,去更广阔的地方追寻自己的梦想。

1922年夏季,年近二十岁的他毅然脱下军装,只身一人来到北京。

到了北京,沈从文就渴望上大学。可是对于他这样一个仅受过小学教育的青年,没有学校愿意接收。在读正式

大学的梦想破灭之后,这个倔强的湘西青年又开始向文学领域努力拓展。可是,由于学历太低,又没有任何名望与资历,他的稿件根本没有人理会,他想以文学来养活自己的愿望落空了。到北京不久,他手上不多的钱便花光了。他只得一边在香山慈幼院打工,一边在北京大学旁听。忍受着饥饿和寒冷,他依然勤奋写作,追逐着自己的文学梦想。

在没有经济来源的最绝望时刻,他曾向京城的几位知名作家写信,倾吐心声。郁达夫收到沈从文的信件后,曾登门看望这位衣衫褴褛的湘西青年,从而有了文章开头的那一幕。

沈从文向郁达夫投寄的信件并没有保存下来。但是,从他当时写的《一封未曾付邮的信》一文中,我们大概能揣测出信件的主要内容:

A 先生:

在你看我信以前,我先在这里向你道歉,请原谅我!一个人,平白无故向别一个陌生人写出许多无味的话语,妨碍了别人正经事情;有时候,还得给人以不愉快,我知道,这是一桩很不对的行为。不过,我为求生,除了这个似乎已无第二

个途径了！所以我不怕别人讨嫌，依然写了这信。

先生对这事，若是懒于去理会，我觉得并不什么要紧。我希望能够像在夏天大雨中，见到一个大水泡为第二个雨点破了一般不措意。

我很为难。因为我并不曾读过什么书，不知道如何来说明我的为人以及对于先生的希望。

我是一个失业人，不，我并不失业，我简直是无业人！我无家，我是浪人。我在十三岁以前就成了一个无家可归的人了。过去的六年，我只是这里那里无目的地流浪。我坐在这不可收拾的破烂命运之舟上，竟想不出办法去找一个一年以上的固定生活。我成了一张小而无根的浮萍，风的去处，便是我的去处。湖南，四川，到处漂，我如今竟又漂到这死沉沉的沙漠北京了。

经验告诉我是如何不适于徒坐。我便想法去寻觅相当的工作。我到一些同乡们跟前去陈述我的愿望，我到各小工场去询问，我又各处照这个样子写了好多封信去，表明我的愿望是如何低而容易满足。可是，总是失望！生活正同弃我而去的女人一样，无论我是如何设法去与她接

近,到头终于失败。

一个陌生少年,在这茫茫人海中,更何处去寻找同情与爱?我怀疑,这是我方法的不适当。

人类的同情,是轮不到我头上了。但我并不怨人们待我苛刻。我知道,在这个扰攘争逐的世界里,别人并不须对他人尽什么应当尽的义务。

生活之绳,看来是要把我扼死了!我竟无法去解除。

我希望在先生面前充一个仆人。我只要生!我不管任何生活都满意!我愿意用我手与脑终日劳作,来换取每日最低限度的生活费。我愿……我请先生为我寻一生活法。我以为:"能用笔写他心同情于不幸者的人,不会拒绝这样一个小孩子。"这愚陋可笑的见解,增加了我执笔的勇气。

我住处是×××××,倘若先生回复我这小小愿望时。愿先生康健!

这封信件虽然冠名为《一封未曾付邮的信》,但从郁达夫的亲自到访来看,此信应该还是邮寄出去了,只是内容上可能有出入。

在沈从文与郁达夫初识的这个"窄而霉小斋"(沈从文

命名)内,他们谈了许多。沈从文告诉郁达夫,他之所以到北京,主要是为了取得一个国立大学的头衔,并渴望以此来解决以后的生计问题。沈从文还说到自己的故乡和家庭。他说故乡连年兵火,房屋田产都已毁尽,老母弱妹也不知是生是死。五年来音信不通,并且回湖南的火车也停开,就是有路费也回不去,何况没有路费呢!由此可知,沈从文确实把郁达夫当成自己真诚的朋友,毫无保留地向他敞开了心扉。

临近中午,郁达夫便请沈从文到外面去吃饭。在沈从文住处附近一家小饭馆,两人吃了一顿饭,共花费一元七角多钱。郁达夫掏出一张五元的钞票,付完账后,将剩余的三元多钱全给了沈从文。一回到住处,沈从文禁不住趴在桌子上哭了起来。这件事,沈从文记了一辈子。半个多世纪后,郁达夫的侄女郁风访问沈从文,并记下了当时的情形:"沈从文先生对我说这话时已是七十多岁的人了,但他笑得那么天真,那么激动。他说那情景一辈子也不会忘记:'后来他拿出五块钱,同我出去吃了饭,找回来的钱都送给我了。那时候的五块钱啊!'"

告别沈从文后,郁达夫心情久久难以平静。在回校的路上,他想着沈从文的不幸遭际,心潮澎湃、感慨万千。当天晚上,他在激愤之中写出了著名的文章——《给一位文

学青年的公开信》。这篇文章以反讽的方式写成,一方面道出对"北漂"文学青年艰难处境的同情,另一方面以尖锐的话语劝导青年人尽量不要去走文学这条狭窄之路。

郁达夫的这篇文章在《晨报》副刊刊出之后,在当时的文学青年中引起了很大反响。但是对一个在湘西军中见过无数杀戮与死亡场景,并由此磨炼出能忍受大苦和无限艰辛的沈从文来说,并没有因为这样的言辞放弃他所一直迷恋的文学梦想。在经历种种磨难后,沈从文终于迎来了"梦想的春天"。1924年,他的作品陆续在《晨报》、《晨报》副刊、《语丝》、《现代评论》上发表。1925年,经郁达夫介绍,沈从文又与徐志摩相识,并得到徐志摩的赏识和大力推举,这为沈从文走上文学道路奠定了重要的基础。四年以后,当他迁居上海,与丁玲、胡也频一起创办《红黑》杂志时,沈从文已是一位小有名气的青年作家了。而1934年《边城》的发表更是让沈从文蜚声文坛。沈从文还曾两度被提名为诺贝尔文学奖评选候选人。

沈从文在取得较大的文学成就时,从未忘记帮助过他的人。1936年,当出版《从文小说习作选》时,他在"代序"中写下这样一段充满感激之情的话:"这样一本厚厚的书能够和你们见面,需要出版者的勇气,同时还有几个人,特别值得记忆,我也想向你们提提:徐志摩先生,胡适之先生,林宰平先生,郁达夫先生……这十年来没有他们对我

的种种帮助和鼓励,这本集子里的作品不会产生,不会存在。"

可以说,沈从文正是靠着自身坚定的信念和坚忍不拔的意志,才取得了如此丰硕的成果,才真正实现了自己的文学梦想。沈从文的故事告诉我们:有梦才会有希望,有行动才会有未来!

郁达夫 郁达夫原名郁文,浙江富阳人,中国现代著名小说家、散文家、诗人。其代表作品有《沉沦》《薄奠》《春风沉醉的晚上》、《迟桂花》等。1938年底,郁达夫应邀赴新加坡办报并从事抗日救国宣传工作。星洲沦陷后,郁达夫流亡至苏门答腊,因精通日语被迫做过日军翻译,其间利用职务之便暗暗救助、保护了大量文化界流亡难友、爱国侨胞和当地居民。1945年8月29日,郁达夫在苏门答腊被日本宪兵队暗杀,终年四十九岁。1952年,经中华人民共和国中央人民政府批准,郁达夫被追认为革命烈士。对于郁达夫的一生,胡愈之先生曾作这样的评价:"在中国文学史上,将永远铭刻着郁达夫的名字。在中国人民反法西斯战争的纪念碑上,也将永远铭刻着郁达夫烈士的名字。"

有些路看起来很近,走去却很远的,缺少耐心永远走不到头。

——沈从文

爱书如命轻名利

  钱钟书姓"钱",但却不爱钱,他一生都极为节俭、淡泊名利。凡去钱钟书家做过客的人,都惊讶于他家陈设的朴素:沙发是用了多年的旧物,多年前的一个所谓书架,竟然是用四块木板加一些红砖搭起来的。但是钱钟书从未因此觉得寒酸,他曾对朋友说:"我都姓了一辈子'钱'了,还会迷信这个东西吗?"

  20世纪80年代,从天上往钱家掉金子的事接二连三发生。美国普林斯顿大学曾竭诚邀请钱钟书前往讲学半年,开价十六万美金,交通、住宿、餐饮费另行提供,可携夫人同往,只希望钱钟书每两个星期授一次课,每次四十分钟,半年总共讲十二次课,全部实际授课时间只相当于一个工作日。这样的待遇,着实让人吃惊。可钱钟书拒绝

了。他对校方的特使说:"你们研究生的论文我都看过了。就这种水平,我给他们讲课,他们听得懂吗?"英国一家老牌出版社也不知从什么渠道得知钱钟书有一部写满了批语的英文大辞典。他们专门派两个人远涉重洋,叩开钱府的门,出重金请求将这部英文大辞典卖给他们。钱钟书说:"不卖。"另外,与钱钟书签署了《围城》版权协议的美国好莱坞片商,多次盛情邀请钱钟书夫妇方便时前往做客观光,他们夫妇都婉言谢绝了。钱钟书说:"我现在是中国式的硬木椅子,搁在那儿挺结实,搬搬就散架了。"

虽然钱钟书经济拮据,但他却乐善好施,从不吝惜金钱。曾有朋友找他借钱,他问:"你要借多少?"答:"一千。"钱钟书说:"这样吧,不要提借,我给你五百,不要来还了。"这位朋友第二次来借,他还是如法炮制,依旧对折送人。在他当中国社会科学院副院长期间,给他开车的司机出车时撞伤行人,急切中找钱钟书借医药费。他问:"需要多少?"司机答:"三千。"他说:"这样吧,我给你一千五,不算你借,就不要还了。"

正是因为有这种不爱"钱"、淡泊名利的品质,钱钟书才能够不被外在的名利困扰,一生潜心于学术研究,并在学术上取得了突出成就。有外国记者曾说:"来到中国,有两个愿望:一是看看万里长城,二是见见钱钟书。"言语之

间,简直已经把钱钟书看作中国文化的奇迹与象征。而钱钟书去世不久,一个热爱他的读者就在报纸上撰文纪念,取名为"世界上唯一的钱钟书走了"。这句话可以说表达了所有喜爱钱钟书的读者的共同心声。按理说,钱钟书的著述并不多,他更不会讨好、取悦别人,为什么他却受到海内外人士的如此爱戴与敬仰呢?我想原因大概有二:一是他具有勤俭节约、淡泊名利的品质,二是他具有丰厚的学识。

钱钟书出身于诗书世家,因为伯父没有儿子,所以他一出生他就被过继给了伯父。但伯父对他管教极为严格,他自幼就受到传统经史方面的良好教育。在进入小学读书识字之前,钱钟书就已系统阅读了《西游记》《水浒传》《三国演义》《聊斋志异》《七侠五义》《说唐》等古代小说。而且钱钟书读书能过目不忘,任人从书中抽出一段来考他,他都能流畅地背出来,连书中好汉所使兵器的斤两都背得出来。也许是受传统文化的长期熏染,钱钟书中学时特别乐于学习中文,其数学等理科方面成绩却极差。他在报考清华大学时,数学仅得十五分,但国文成绩突出,英文成绩优异,获得满分。1929年他被清华大学外文系破格录取。

钱钟书在清华大学读书期间,极为勤奋、刻苦,并为自己立下"横扫清华图书馆"的志愿。所以,这一时期他把所有的时间都用在读书上了:在图书馆读,在宿舍读,在食堂读,甚至在上课时也是手不释卷地看自己喜爱的书籍。他看书有个特点,喜欢用又黑又粗的铅笔画下警句或写批注。据传清华大学图书馆藏书中画线部分大多出自他的手笔。他的博学使得他在清华大学很有名,所有课上讲授的文学作品他全都读过。在老师的眼中,他已不是老师的学生,而是老师优秀的助手。另外,钱钟书还有读字典的兴趣和习惯,许多大部头的字典、辞典、大百科全书他都挨着字母逐条逐条地读,并乐在其中。在国外留学期间,为了博览国内不易看到的书籍,他竟日夜埋首于图书馆藏书当中,孜孜不倦!他读书总是聚精会神,心无旁骛。有时正在谈话,忽然被手边一本什么书吸引住,他便全神贯注看书去了,忘记身边还有人在。

关于钱钟书的勤奋,流传着许多感人的故事。据20世纪50年代在中国社会科学院文学研究所工作的一些同志回忆,他们当时都还是青年人,而钱钟书早已是遐迩闻名的大学者了。可是,他们每次进入线装书库,几乎都会见到钱钟书拿着铅笔和笔记本,不断地翻检书籍,不断地抄录、作笔记,常常不知不觉就过了半天。有时,他还会在那里向青年人介绍各类古籍,告诉他们这些书的插架所

在,如数家珍。文学研究所图书馆馆藏线装书十分丰富,而许多线装书的借阅卡上只有钱钟书一个人的名字。文学研究所图书室当年收藏许多好书,特别是珍贵的外文书,其中不少就是钱钟书帮助订购或搜寻来的。据说他精读的每一部书都反复批点,有的连天头地脚和页边都写满了字,再也找不到一点空白。

钱钟书不仅读书勤奋,还有一个特别好的习惯,就是善于作读书笔记。每读一本书,他都要作详细的读书笔记,摘出精华,指出谬误,并且会认真记录书目的名称、重要的版本以及原文的页码等,以供自己写作时征引。作笔记很费时间。钱钟书作一遍笔记的时间,大约是他读这本书一倍的时间。他曾说:"一本书,第二遍再读,总会发现读第一遍时有很多疏忽。最精彩的句子,要读几遍之后才会发现。"

据钱钟书的夫人杨绛回忆,钱钟书养成读书作笔记的习惯,应该有两个原因:一是由于钱钟书在牛津大学学习时,图书馆的书籍不外借。"到那里去读书,只准携带笔记本和铅笔,书上不准留下任何痕迹,只能边读边记"。二是因为他们多年来一直没有一个稳定的住所,没地方藏书。"他爱买书,新书的来源也很多,不过多数的书是从各图书馆借来的。他读完书并作好笔

记,就把借来的书还掉,而自己的书往往随手送人了。钱钟书深谙'书非借不能读也'的道理,有书就赶紧读,读完总作笔记。无数的书在我家流进流出,存留的只是笔记,所以我家没有大量藏书"(杨绛:《钱钟书是怎样作读书笔记的》)。

在钱钟书先生去世以后,杨绛对钱钟书的笔记进行了整理。令人难以置信的是:钱钟书的笔记本竟有一百七十八册,还有打字稿若干页以及外文笔记三万四千多页。杨绛谈到的一个细节非常感人。她说,在钱钟书撰著《管锥编》时,她为他整理资料、检点笔记本,整整费了两天工夫,装了几大麻袋。可是《管锥编》印出的书却只有五本,可想而知,钱钟书为这五本书耗费了多少心血!所以《管锥编》一问世,就有读者惊叹地说:"其内容之渊博,思路之开阔,联想之活泼,想象之奇特,实属人类罕见。一个人的大脑怎么可能记得古今中外如此浩瀚的内容?一个人的大脑怎么可能将广袤复杂的中西文化如此挥洒自如地连接和打通?"这样的精神怎能不让人动容,这样的学识怎能不让人敬佩!

与此同时,也正是因为钱钟书不爱钱、不为名利所动的品格,他与中国故土结下了不解之缘。早在1945年,一

位友人就在一篇记述钱钟书的文章中写道:"他为人崖岸有骨气,虽曾负笈西方,身上却不曾沾染半点洋进士的臭味。洋文读得滚瓜烂熟,血管里流的则全是中国学者的血液。"这段话很能反映钱钟书的精神风貌。打开《槐聚诗存》便可以看到许多怀念家乡与祖国以及凝聚着爱国激情的篇章。1938年,他留学英、法结束,像他这样的青年俊杰,当时在英、法找份收入丰厚的工作本是件轻而易举的事。但是他深知,此时祖国正遭受日寇侵略,他必须回到祖国的怀抱,为自己的家乡和人民尽一份力,所以他怀着"相传复楚能三户,倘及平吴不廿年"(《槐聚诗存·巴黎归国》)的赤诚爱国之心,毅然回到了"忧天将压、避地无之""国破堪依、家亡靡托"(《谈艺录》)的故国。

1949年,很多人流亡国外,钱钟书却偏要留在大陆。杨绛后来在《干校六记》中怀着诚挚的感情忆及这件事说:"默存常引柳永的词:'衣带渐宽终不悔,为伊消得人憔悴。'我们只是舍不得祖国,撇不下'伊'。"

"文革"中,钱钟书受到打击,并被下放到"五七"干校劳动。杨绛曾问钱钟书:"你悔不悔当初留下不走?"钱钟书毫不犹豫地回答:"时光倒流,我还是照老样!"没有什么华丽的辞藻,但它却形象而鲜明地表现了一个炎黄赤子的拳拳爱国之心,表达了他对新中国这块热土的无限热爱。

这不由得使人想起艾青先生《我爱这土地》中吟咏的诗句:"假如我是一只鸟,/我也应该用嘶哑的喉咙歌唱:/这被暴风雨所打击着的土地,/这永远汹涌着我们的悲愤的河流,/这无止息地吹刮着的激怒的风,/和那来自林间的无比温柔的黎明……/——然后我死了,/连羽毛也腐烂在土地里面。/为什么我的眼里常含泪水?/因为我对这土地爱得深沉……"钱钟书与艾青,两种不同的声音,一样的爱国情感。不管国家怎样贫困落后,也不管在前进的道路上会有多少曲折,他们都对自己的选择无怨无悔。这是多么伟大的爱国情怀啊!

钱钟书的事例,一方面告诉我们:成功根本没有捷径可走,勤奋是唯一的途径。正如爱迪生所言:"天才是百分之九十九的汗水加百分之一的灵感。"另一方面启示我们:良好的人格品质是一个学人必须具备的素养,这甚至比有多少学识更为重要!

杨绛　杨绛,1911年7月17日生于北京。本名杨季康,江苏无锡人,中国著名的作家、戏剧家、翻译家。杨绛通晓英语、法语、西班牙语,由她翻译的《堂吉诃德》被公认为最优秀的翻译佳作,到2014年已累计发行七十多万册。她早年创作的剧本《称心如意》,被搬上舞台长达六十多

年,2014年还在公演。杨绛九十三岁为完成女儿心愿写了回忆一家三口数十年风雨生活的《我们仨》,风靡海内外,再版达一百多万册。她在九十六岁写成书哲理散文集《走到人生边上》,一百零二岁出版二百五十万字的《杨绛文集》八卷。

❋ ❋ ❋

  天下只有两种人。比如一串葡萄到手,一种人挑好的吃,另一种人把最好的留到最后吃。照例第一种人应该乐观,因为他每吃一颗都是吃剩的葡萄里最好的;第二种人应该悲观,因为他每吃一颗都是吃剩的葡萄里最坏的。不过事实却适得其反,缘故是第二种人还有希望,第一种人只有回忆。

——钱钟书

平凡人生不平凡

1949年一个严寒的冬日,在陕西省榆林市清涧县一户贫困的农民家庭,一个男孩诞生了。那位大字不识一个的农民父亲,绝没料到这个孩子日后竟能成为中国文坛的著名作家。这个孩子,就是后来以《平凡的世界》《人生》等优秀作品享誉文坛的作家路遥。

路遥出生于中华人民共和国刚刚建立之时。此时,连年的战争已使国家经济异常衰颓,百姓的生活也非常艰难。路遥家的生活也很困顿,缺吃,少穿,连最起码的生存条件都不具备。所以路遥的出生并没有给这个家庭带来些许的快乐,反而让家里人感到压力倍增。

日渐长大的路遥成了这个家庭的负担。路遥在王家堡上完一年级后,这个贫困的家再也没有办法维持生计

了。于是,父母决定把他们的第一个儿子路遥过继给远在百里之外的延川县郭家沟的大伯。

那是一个清冷的秋天的早晨。天刚蒙蒙亮,父亲就把路遥从酣睡中叫醒,然后拖拉着他离开了王家堡,翻过九里山,顺着秀延河向他大伯家走去。由于路途遥远,路遥父子俩在清涧县城留宿了一夜。当晚,他们没有钱吃饭,父亲只好拿生玉米棒子给路遥充饥。第二天黎明,父亲又用仅有的一毛钱为路遥买了一碗油茶,而后领着路遥继续赶路。一趟路上百里,可是路遥脚上仅仅穿着一双露了脚趾的破布鞋。走到大伯家时,路遥身上的衣服沾满灰土,脚底也磨起了很多血泡。当时路遥只有八岁。

第二天清晨,父亲以去买化肥为由离开了路遥。父亲的做法给路遥的幼小心灵造成了严重伤害。但是路遥并没有追着向父亲哭诉。他强忍着悲痛,偷偷躲在村里的一棵老槐树后面,泪眼婆娑地看着父亲顶着朦胧的晨雾,夹着破烂的包袱,像小偷一样悄无声息地走了。

路遥和家乡一别就是五年。在这期间,父母很少来看望他,他们根本没能力关心和照顾他。从清涧老家到延川郭家沟的经历,在路遥的幼小心灵中留下了难以磨灭的阴影,以致成年以后他都不愿意提及他的清涧老家。只是在1987年的一个有月亮的晚上,路遥曾对他的好友朱合作说起过只言片语。他说,他成年之后也极少去清涧县城,因为那地方曾是他的"伤心落泪之地"。

虽然清涧老家留给他的多是悲痛的回忆,但是他和养父母(伯父、伯母)生活的那些时日,却让路遥享受到无尽的甜蜜与快乐。慈爱、质朴的养父母像对亲生儿子一样对待路遥,管他吃管他穿,尽量满足他的一切需求。他们几乎拼尽全力来爱路遥。但是养父母家也非常贫穷,过着朝不保夕的日子。路遥常常独自跑到荒野地里,在收获过的庄稼地里,寻觅残留的玉米粒充饥。

在憨厚善良的养父母的支持下,路遥勉强上完了村里的小学。上小学时,路遥最怕上美术课。因为他买不起道林纸、水彩颜料,甚至连一支几分钱的铅笔都买不起。他束手无策,只得呆呆地坐着,忧伤地看同学们调色、画画,或者找个借口离开教室,不下课就不回教室。

路遥小学毕业后,有着强烈的上初中的愿望。可是因为生活窘迫,养父不太愿意让他参加升学考试。但生性倔强的路遥心有不甘。他想,即使自己因为经济原因不能如愿进入初中,也一定要参加考试,证明一下自己的实力!当时,在一千多名考生中,县立中学只招收一百来人。结果,路遥在人生的第一次竞争中以优异的成绩获胜。但家里实在没钱供他上学。半个月过去了,别人家的孩子都早

已报了名,可是等到路遥东挪西借筹到钱去报名时,学校已经不接收了。路遥不甘心就这样轻易地失掉这次机会,于是哭着去找正在县里开党代会的村支书。好心的村支书领着他找县长、局长、校长,最后文教局专门为此开了个碰头会,学校才收下了这个穷学生。

初中的三年时光,是路遥人生中最困顿和最难熬的一段时日。由于没有生活保障,连每月五六元的伙食费都交不起。那时,学校的饭菜分为甲、乙、丙三个等级,路遥所吃的全是丙级饭菜:稀饭、黑窝头、野酸菜。而且每个星期天,路遥还要回到村里参加劳动,吆喝着牛耕种自留地,去大田里背庄稼,挣工分,给贫困的家增添收入。看着路遥单薄的身子、忙碌的身影,村里人既满怀同情,又赞不绝口。

尽管路遥上中学时很忙碌,但却从来没有忘记、更没有放弃对文学的热爱。那时,他近乎贪婪地阅读《钢铁是怎样炼成的》《青年近卫军》《毁灭》《铁流》等书籍,而鲁迅、巴尔扎克、托尔斯泰、肖洛霍夫的作品,他更是百读不厌。据他后来回忆,读这些书籍,不仅仅是为了创作,更重要的是:一方面想把自己锻炼成一个意志坚强的人,另一方面也想更多地了解一下外面的世界。因为在十七岁之前,路遥连县境都没出过,所以他非常想了解外面的世界。但当

时没有其他办法,他只有通过阅读各种各样的书来满足自己的愿望。正是由于读书勤奋刻苦,路遥在初中时就已经知道很多外面世界的事情了。那时的路遥幻想着有一天能写一本书,把自己的想法告诉更多的人。他内心中产生了一种强烈的写作冲动。

1966年,路遥中学毕业后回乡村教书,后又被调到县文工团从事编剧工作。饥饿的经历和苦难的生活给路遥留下了非常深刻的印象,也成为他丰富的写作素材和艺术营养。他开始拿起自己擅长的文学之笔,尽情挥洒自己的才情,抒发自己的忧伤与痛苦。1988年路遥出版的百万字巨著《平凡的世界》一鸣惊人,不仅受到广大读者的青睐,而且获得了第三届茅盾文学奖。从这部作品主人公孙少安、孙少平的生活磨难和惨痛经历中,我们分明能够清晰地看到作家那辛酸的身影。

或许正是由于路遥承受了太多的苦难,所以他才能真正理解农民的艰辛与劳累,因为路遥对农村、对农民有着无比的热爱与眷恋之情,所以他的写作素材基本都来自农村生活。他始终认定自己"是一个农民血统的儿子",他总是以深深纠缠的故乡情结和生命的沉重感去感受生活,以陕北大地作为他心里的永恒的诗意象征来架构自己的篇章。而每当他的创作跌入低谷时,他总是一个人独自去陕

北故乡的"毛乌素沙漠"审视自己,观照社会,并由此获得灵感,投入新的文学创作中。

路遥热爱生活,热爱生命,热爱家乡的黄土地。他在《早晨从中午开始》中说:"是的,我刚跨过四十岁,从人生的历程来看,生命还可以说处于'正午'时光,完全应该重新唤起青春的激情,再一次投入这庄严的劳动之中。"然而,天公并没有因路遥遭受太多苦难和对文学艺术有着执着的梦想而对他有丝毫的眷顾。1992年11月17日,在黄土高原开始落雪的时节,时年四十三岁的路遥积劳成疾、身患绝症,带着无比眷恋的心情离开了他所热情讴歌的这个世界,在西安永远地放下了他手中的笔。路遥的英年早逝,给我国当代文学史留下了一个永远的遗憾。路遥如果不是过早去世,凭着他严肃认真的创作态度和遒劲的笔力,一定还会为这不平凡的世界写下新的不朽篇章。然而我们却不得不接受他已永远离开了我们的事实。

路遥去世了,但他的作品、他的精神却永远活在人们心间。这位黄土地生养的作家,似乎又化作了一把黄土,飘落在世间的每一个角落;也似乎化作了缕缕炊烟,弥漫在乡村和城市的上空,给我们活着的人留下无限的思念、不尽的动力和抵御苦难的勇气。

知识链接

文工团 文工团全称是"文艺工作团"。它是在中国共产党领导下,继承中国工农红军宣传队的传统,运用歌唱、舞蹈、演剧等多种形式开展宣传活动的综合性文艺团体。主要有总政文工团、空政文工团、海政文工团、二炮文工团、武警文工团等。

❋ ❋ ❋

只有一个人对世界了解得更广大、对人生看得更深刻,那么,他才有可能对自己所处的艰难和困苦有更好意义的理解;甚至也会心平气和地对待欢乐和幸福。

——路遥

自控命运展风华

贾平凹是当代中国最具叛逆性、最富创造精神的一位作家,也是当代中国可以载入世界文学史册的为数不多的著名文学家之一。他凭借《商州》《浮躁》《废都》《秦腔》《古炉》等优秀作品,成为我国当代文坛屈指可数的文学奇才。但是褪去这些光环,这位作家却有着不为人知的坎坷经历。

贾平凹出生在陕西省商洛市丹凤县棣花镇的一户贫苦农民家庭。小时候的贾平凹,不但不聪明,反而要比别人家的孩子"笨"。贾平凹都快八岁了,10以内的加减法还算不好。父亲估摸着孩子日后也不会有什么大出息,就很随意地把在墙根下玩石头的贾平凹拽起来,给了他一个书包,让他去上学。

贾平凹慢慢长大,父母想给他找一个正经的事做。一年秋日,他蘸着黑墨水,在自己家院子的围墙上画了一个有四个角的亭子、几棵高树,还画上波光粼粼的水。邻居说,这孩子画得不赖,将来当个画匠吧。听邻居这样说,贾平凹以为自己将来可能会当走村串户的画匠,于是就有意无意地看画匠干活。

就在他还不能确定自己是否能当画匠的时候,父亲又发现了他的另一个"长处"。有一次他和一个小伙伴剪下许多猫猫狗狗的纸样,拿着手电筒钻进鸡窝里"放电影"。父亲觉得孩子可能比较热爱电影事业,于是就去公社找放映队的人,想给贾平凹在放映队找一份工作,哪怕是打打杂、抱抱片子什么的都可以。后来公社倒是给了他们村一个名额,不过,不是给贾平凹,而是给了村支书的儿子。

眼看当画匠无望又不能做与放电影相关的工作,父亲盘算着或许该让贾平凹回家种地。就在这时候,贾平凹竟然考上了县里的高中。这让父亲一下子发了愁。让他上学吧,会误了田地的活。而村里从来没有谁考上过大学,父亲坚信自己家也不会出一个大学生。于是就说,别上了。母亲见儿子支支吾吾的,说,上吧,走一步算一步。

县高中毕业后,贾平凹考上了市里的一所三流专科学校。他的人生如果就这样走下去,毕业后回老家教书,或

许一辈子就会平淡地过完。然而,在大二的时候,他突然冒出一个想法来。那时,学校办了一份校报,校报有一个副刊,一个月出一到两期。很多同学的文章发表在副刊上。他想,在毕业之前,也要尝试着在校报的副刊上发表一篇文章,把自己的名字变成铅字。于是,他开始进行创作。写完后,他就拿去给教写作的老师看,然后将得到些微赞许的文章投给校报编辑部。后来,教写作的老师也不愿给他看了,他就整天埋头自己琢磨。他为此看了许多书,也浏览了不少报刊。然而,投给校报的稿件都如泥牛入海,杳无音信。

尽管贾平凹在文学创作方面遭受了重大的挫折和打击,但他不想把这些凝结着自己心血的文稿白白扔掉,因此,他又抱着试试看的想法,向本市的日报社投去几篇。意想不到的事情发生了,他的文字竟然出现在市日报上。再后来,他的名字相继出现在省内外的报刊上。从此以后,他在文学创作方面更加勤奋了。

贾平凹曾在一次笔会上讲过他的这些经历。讲完后,他感慨地说,这个世界上更多的人,是被别人安排着过完一生的,被安排着学某门技术,被安排着进某所学校,被安排着在某单位上班……却从来没有自己选择一件事情去做。这时候,人最需要一只凳子站上去,才会发现还有许多没有挖掘出来的才能和智慧。而这只凳子,就是突然迸

发的一个想法、一个念头。没有这只凳子,你永远看不到梦想,更别说拥有它。

副刊　副刊是报纸上用文学体裁反映社会、文艺色彩较浓的、能给读者提供美的享受的固定版面,定期出版,一般有刊名。

❋ ❋ ❋

故天将降大任于斯人也,必先苦其心志,劳其筋骨,饿其体肤,空乏其身,行拂乱其所为,所以动心忍性,增益其所不能。

——(战国)孟子

苦难铸就传世名

很多人看到别人成功时,都会羡慕不已;反观自身,往往会产生这样的想法:"我就是因为没有好的身世背景、好的经济条件,否则我一样会成功,实现自己的梦想!"这种人把别人的成功简单归结为外在的因素,看不到努力与拼搏在获取成功过程中的重要作用。事实上,哪一个成功者不是靠着顽强的意志才实现了自己的梦想,哪一个成功者的背后没有一段与命运搏击的辛酸历程!这样的例子颇多,当代著名作家莫言的经历便是一个典型。

2012年12月10日,北京时间19点,在瑞典首都斯德哥尔摩音乐厅举行的2012年诺贝尔奖颁奖仪式上,中国作家莫言接受了瑞典国王古斯塔夫颁发的诺贝尔文学奖。面对这一殊荣,莫言并没有欣喜若狂,而是从容淡定。在获奖感言中,他也没有对自己的作品大吹大擂,还是和往常一样,为我们讲述了那些不为人知的故事。的确,莫言是一个有故事的人,正是这些真实的故事成就了莫言。

莫言,原名管谟业,1955年2月17日出生在山东高密县大栏乡三份子村一个极其贫苦的农民家庭。莫言出生时恰逢中国经济极为凋敝,所以幼年时期,莫言就经历了艰难的农村生活,这样的贫困生活整整伴随着莫言二十年。然而,正是这些贫困和饥饿的记忆对他后来的创作产生了重要影响,他把这些记忆融入作品当中,并获得了巨大的成功。莫言曾说,他非常感谢那些艰难困苦的日子,因为对他而言,那些回忆都变成了宝贵的资源,带给他无尽的创作灵感。也正因为他一直在贫穷中坚守着、追逐着自己的文学梦想,所以在经历漫长的岁月磨砺之后,他成为一名优秀的作家。

莫言曾经谈起过自己小时候的经历。他说,十二岁那年,因为饥饿难忍,他拔了生产队的一个红萝卜充饥,被人捉住,那双三十四码、能多穿好几年的大鞋被他们拿走。为了索回那双鞋,他当着四十八个村数百名民工的面,向毛主席的画像请罪,回家后又被父亲用蘸了盐水的绳子结结实实地抽打了一顿。他说,小时候因为家里贫穷,过年连一顿饺子都吃不上,所以他曾在大年三十到别人家讨饺

子吃。他还说,在读小学的时候,曾因骂老师是"奴隶主"而受到严厉处分。

小时候的经济贫困给莫言留下了不可磨灭的记忆,父亲过于严厉的约束也使他倍感压抑,但是他并没有因此而消沉、落寞。莫言曾说:我一直认为"寒门出英才"。把贫困当成耻辱是一个误区,贫困是可以改变的,在贫困的生活中能考上大学就是强者,这是值得骄傲的。莫言是这样说的,也是这样做的。因为在他的一生中,无论面对怎样的艰辛与磨难,他都没有放弃自己执着追求的"大学梦"与"文学梦"。

莫言自小就有了一定要上大学的梦想。这个梦想的确立源于他的一次亲身经历。20世纪60年代初期,莫言的大哥考入了华东师范大学。这给莫言所在的那个闭塞的小山村带来了无限的荣耀,与此同时,莫言的家人也受到村里人格外的尊敬。莫言异常羡慕大哥。一次,趁着大哥睡着了,他还偷偷把大哥的校徽摘下来,戴在自己胸前。小伙伴见了后,讥讽地说:"是你哥考上大学,又不是你考上的,你戴着校徽烧包什么!"莫言受到很大刺激,暗下决心,长大了一定要考上大学。但受"文革"影响,莫言没能圆大学梦,刚刚小学毕业他就被迫辍学了。

在接下来的日子里,他在农村劳动多年,做过棉花厂

临时工、解放军部队班长、保密员、图书管理员、教员、干事、总政文化部创作员等。这段时间,生活虽然极为艰苦,但是莫言始终没有忘记自己所追求的大学梦想。他广泛涉猎方方面面的知识,渴望有一天能够实现自己的"大学梦"。

时光荏苒,岁月如梭,转眼到了1984年。在这一年,解放军艺术学院(以下简称"军艺")恢复招生。得知这一消息后,莫言很高兴,没想到三十七岁"高龄"的他居然有机会重圆自己的大学梦。他兴奋地拿着几篇作品跑到"军艺",一打听才知道,招生工作已经结束了好一段时间。幸运的是,他的小说《民间音乐》让时任"军艺"文学系主任的徐怀中先生看到了。徐先生大赞:"这个学生,即便文化课考试不及格我们也要了。"就这样,莫言终于圆了大学梦。

后来,莫言又进入北京师范大学鲁迅文学院研究生班学习,并获得了文艺学硕士学位。而现在,他是香港公开大学荣誉文学博士、青岛科技大学客座教授。

事实上,莫言不仅以他坚忍的意志实现了自己的"大学梦",他还以执着的精神实现了自己的"文学梦"。

莫言从小就酷爱文学,小学三年级时他就读了《林海雪原》《青春之歌》《钢铁是怎样炼成的》等作品。小学五年级时就开始系统阅读四大名著中的《三国演义》《水浒传》,

"文革"爆发后辍学在家,无书可读的时候他甚至读起了《新华字典》。

关于莫言酷爱读书的故事有很多。据莫言后来回忆,他小时候爱好读书,经常冒着被家长惩罚的风险去给别人做苦工换书看。有一次,为了读到书,他就给别人推磨。但是雇主提出的条件很苛刻,推十圈磨才准许他看一页书。多年以后,中央电视台主持人董倩曾风趣地问:"您不能推一圈磨就看一页书吗?"莫言大声说:"我愿意可人家不愿意啊!"

另外,莫言还讲过他读《青春之歌》时的情景。朋友由于急着用这本书,所以只把书借给他一天时间,不管能不能看完,要求第二天必须还书。当时莫言每天要去放羊,根本没时间读书。无奈之下,他就偷偷躲到草垛上去读书,由于太入迷,忘了放羊这件事。后来羊饿得咩咩叫,母亲气得要打他。

在这样艰苦的环境下,莫言神奇地读遍了周边十多个村庄的书籍。回想前事,已经获得诺贝尔文学奖的莫言感慨地说:"那些回忆都变成了我宝贵的资源。"

出于对文学的热爱,莫言不仅用眼睛看书,而且用耳朵倾听。诺贝尔文学奖评奖委员会授奖词的关键词之一,就是莫言作品中的"魔幻现实主义"。其实,这种"魔幻"的熏陶在莫言幼年时期就开始了。拿他的话说就是："恐怖故事听多了,经常感到恐惧,吓得割草都割不着。可是,越恐怖越想听,越想听越恐怖。"

冬天农村人没有什么文化娱乐活动,常常自编恐怖故事、豪杰故事娱乐。这些民间故事、传说,后来都成了莫言创作的素材。一位幼时伙伴说："咱小时候听到的那点事儿,都上你的书里去了!"在与同行交流时,莫言曾骄傲地说："你们在用眼睛看书时,我是在用耳朵倾听!"

故事听多了,莫言也成为一个非常会讲故事的人,而且讲得非常生动、精彩和形象。他把讲故事的技巧用到写作文中,小学三年级写的篮球比赛的作文,被老师当作范文在全班宣读。

受到表扬,莫言的兴趣一下子就被激发出来了。他天天盼着上语文课,因为那是他出风头的时候。后来,他经常在作文中虚构故事,而他的小学作文还被拿到中学里宣读,给中学生当范文。他回忆说,自己对文学比别人多了一份觉悟,那就是对"虚构"的重视。

就这样,莫言以自己的真实经历为蓝本,以虚构的"高密东北乡"为背景,向我们讲述了许许多多生动感人而又不为人知的故事。有一位作家说:莫言的小说都是从"高密东北乡"这条破麻袋里摸出来的。这话本来是对莫言的

饥讽,但莫言却把它当成对自己的嘉奖。他还对自己身上能绑上这样一条"高密东北乡"的破麻袋而感到高兴。他说:"在这条破麻袋里,狠狠一摸,摸出一部长篇;轻轻一摸,摸出一部中篇;伸进一个指头,拈出几个短篇。"

这条破麻袋是莫言的精神故乡,更是他的创作源泉。更为关键的是:莫言正是凭借这条破麻袋获得了诺贝尔文学奖,从而最终实现了自己的"文学梦"。

为了实现自己的梦想,莫言不畏艰辛,一路走来。他的事例推翻了贫穷孩子不能成才的断言。他以自己的实际行动告诉我们:苦难其实并不可怕,可怕的是被苦难吓倒,沉溺于苦难之中无法自拔,从而失去走出苦难的勇气与信心。相反,如果你能以从容的心态去面对苦难,并且义无反顾地去寻求自己的梦想,那么,你离梦想已并不遥远。

诺贝尔文学奖 诺贝尔在 1895 年 11 月 27 日写下遗嘱,捐献全部财产 3122 万瑞典克朗设立基金,每年把利息作为奖金,授予"一年来对人类作出最大贡献的人"。根据他的遗嘱,瑞典政府于同年成立"诺贝尔基金会",负责把基金的年利息按五等分授予五种不同奖项的获得者,文学奖就是其中的一个奖项。这个奖项创立于1901年。首位诺贝尔文学奖获得者是法国诗人苏利·普吕多姆。

❋ ❋ ❋

当我们回头看自己走过来的路时,所看到的仍似乎只是依稀莫辩的"或许"。我们所能明确认知的仅仅是现在这一瞬间,而这也只是与我们擦肩而过。

——莫言

十年磨剑图一展

有一位导演,他拍电影不以花钱为前提,不以盈利为目的。他拍电影也从不以彰显外在的宏大场面见长,而以洞察人的幽微的内心深处取胜。他深谙中西方文化,并能将其巧妙地结合起来。谁也想不到,这位导演少年时对于读书却没有一点兴趣,数学考过零分,高考两次落榜。但是他有一个执着而又坚定的梦想,那就是成为一名导演,希望能拍出最生动、最有趣而又最能感染人的电影。为了追寻这个电影梦,他不顾父亲的反对,不辞辛苦地四处奔波了十年之久。苦心人,天不负。经历拼搏与努力,他终于迎来了"梦想的春天"。他就是2006年凭借《断背山》、2013年凭借《少年派的奇幻漂流》获得两次奥斯卡最佳导演奖的李安。

李安1954年10月23日出生于台湾屏东县潮州镇的一个书香家庭。李安父亲是一所中学的校长,教子极为严厉,逢年过节在家里,他甚至要孩子们行跪拜礼。李安就是在这样一个有着浓厚中国传统文化氛围的家庭中成长起来的。

幼年时,李安就非常热爱电影,梦想有一天能成为导演,拍出真正属于自己的影片。但是生在这样一个传统家庭里,他的梦想是不被接受和允许的。因此,当李安1978年从台湾"国立艺专"戏剧电影系毕业,执意要去美国伊利诺伊大学攻读戏剧专业的时候,遭到了父亲的强烈反对。父亲认为,在美国百老汇,每年有五万个人争夺两百个角色,李安投身影艺业是很难取得成功的,再加上语言、国籍等障碍,前途实在渺茫。

但父亲的话并没有吓倒这个血气方刚的二十四岁青年。李安毅然决定远赴美国伊利诺伊大学追寻自己的梦想。此后父子失和,二十年间父子对话不超过百句。2006年,李安凭借《断背山》获得奥斯卡最佳导演奖。领奖的时候,他提及因在《断背山》筹备期未赶上回台湾见父亲最后一面而几度哽咽。

在美国期间,李安学习勤奋刻苦,每天都认真地学习西方的戏剧理论。出于对电影的向往,后来他又义无反顾

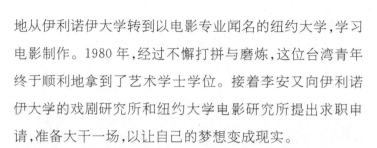

地从伊利诺伊大学转到以电影专业闻名的纽约大学,学习电影制作。1980年,经过不懈打拼与磨炼,这位台湾青年终于顺利地拿到了艺术学士学位。接着李安又向伊利诺伊大学的戏剧研究所和纽约大学电影研究所提出求职申请,准备大干一场,以让自己的梦想变成现实。

然而,命运并没有因李安的奋进与拼搏而眷顾他,反倒让他经历了更多的坎坷和磨难。李安也意识到父亲当初的良苦用心。因为在美国电影界,一个没有任何背景与地位的华人想要有所建树,简直比登天还难!

李安毕业后找不到一份与电影有关的工作,他不得不赋闲在家,靠仍在攻读伊利诺伊大学生物学博士学位的妻子林惠嘉微薄的薪水艰难度日。因愧疚,在家里,李安每天除大量阅读剧本、看片、埋头写剧本外,包揽了所有家务,负责买菜、做饭、带孩子,将家收拾得干干净净。

就这样,李安在家里整整蜗居了六年。三十多岁的他,一点梦想的影子都没有寻到,甚至连自己的生活都无法安排。面对残酷的现实,李安异常焦灼。他开始觉得自己好高骛远,并想到要放弃自己的梦想,因为他实在无法忍受让妻子独自支撑这个家。谈到这段经历,李安后来痛苦地说:"我想我如果有日本丈夫气节的话,早该切腹自杀了。"但是善良而贤惠的妻子并没有因为清贫的生活而有

任何的不满与抱怨，相反却默默地支持他、鼓励他，并一再提醒他："你要永远铭记自己的梦想！"

妻子的支持与鼓励，使李安坚定了信念。他决心结束这种平庸的生活，去开创属于自己的一片天地。他开始夜以继日、废寝忘食地编写剧本。

就这样，几年后，他创作的剧本获得资金支持。他终于可以拿起自己梦寐以求的摄影机进行工作。此后，他更加勤奋地从事电影剧本编辑和拍摄工作。在他的精心设计下，他导演的《推手》《喜宴》《饮食男女》《卧虎藏龙》《绿巨人》等影片陆续在国际上获奖。李安也在自己的梦想舞台上找到了自己的位置，擎起了一片真正属于他自己的天空。李安开始在电影界不断攀登一个又一个高峰。1999年拍摄的《卧虎藏龙》获得奥斯卡金像奖、最佳外语片奖及三个技术奖项；2006年凭借《断背山》获得奥斯卡金像奖、最佳导演奖，成为第一位获得该奖项的亚洲导演；2013年2月25日，凭借《少年派的奇幻漂流》获得第85届奥斯卡最佳导演奖。另外，李安还曾两度获得柏林电影节金熊奖与威尼斯电影节金狮奖。凭借对电影事业作出的重要贡献，李安获得了用自己的名字命名由天文学家杨光宇发现的小行星64291的殊荣，并获赠法国文化艺术骑士勋章。

李安后来回忆他第一次拍摄影片时的情景，激动地说:"不管这个曾经的梦有多遥远,如今它毕竟部分地实现了。1991年4月,我的第一部正式电影《推手》由台湾中央电影公司投资,在纽约库德玛西恩公司制片开拍时,有人拿了一个木盒子给我,说:'导演,坐这儿。'没有人注意到,当时我快飘起来了,第一次有人正式称我为'导演'!我觉得自己的忍耐、妻子的付出有了回报,同时也让我更加坚定信心,一定要在电影这条路上一直走下去。因为,我心里永远有一个关于电影的梦。"

而当李安站在荣耀的巅峰谈起自己的追梦历程时,他没有骄傲,更没有自豪,只是平静而谦逊地告诉所有人,他眼中的自己是"一个没用的人":他,两次高考落榜,却意外地步入舞台生涯;他,从纽约名校高分毕业,遭遇"毕业即失业";他,在美国做全职"家庭主夫",整整六年;人往四十岁走,他才华满腹,却只能在剧组守夜看器材,做苦力。他"不好意思再谈什么理想"。

李安虽然这样说,但我们却可以清晰地看到他为梦想执着前行的足迹。可以说,他的寻梦历程确实坎坷,但也许正是因为能直面这些不堪回首的过去,才成就了一位如此优秀的导演。所以,在我们为人生的梦想而苦求不得时,我们要想想李安,要想想那些为了自己的志向"虽九死而犹未悔"的先贤,我们可能就会明白,绝大多数成功人士

的背后都有一段心酸、不堪回首的往事。成功与梦想不是一蹴而就的,往往需要付出无数的汗水与心血才能铸就。当我们的梦想因磨难而受阻时,不要灰心,不要丧气,一定要勇敢前行。只有这样,我们才能获得最终的胜利!

奥斯卡金像奖 奥斯卡金像奖简称"奥斯卡奖",也即"学院奖",由有"好莱坞之王"称号的米高梅电影公司创始人梅耶发起成立的美国电影艺术与科学学院颁发。该奖1928年设立,每年一次在美国洛杉矶好莱坞举行颁奖仪式,旨在鼓励优秀电影的创作与发展。半个多世纪以来,它享有盛誉,是美国电影业界最重要的活动,备受世界瞩目。奥斯卡金像奖与欧洲三大国际电影节(意大利的威尼斯国际电影节、法国的戛纳国际电影节和德国的柏林国际电影节)的奖项是世界影坛最重要的四大电影奖。

❋ ❋ ❋

哪里有天才,我只不过是把别人喝咖啡的时间都用在工作上了。

——鲁迅

未名湖畔草根情

他是一个从贫困的农村走出来的青年,他是一个地地道道的"草根"。他凭着坚强的意志、顽强的拼搏、不懈的努力,为我们演绎了一段从保安到北大学子的草根传奇。他就是来自湖北省随州市广水县的"80 后"青年甘相伟。

甘相伟出生于湖北省偏僻山区的一户普通农民家庭。他幼年丧父,家境贫寒。为了供他上学,姐姐中专毕业就被迫外出打工了。甘相伟上小学时,家里连十一元的学费都交不起,妈妈只能给他五元钱,他又急又气,大哭大闹。那时,他连城市是什么样子都不知道,走在蜿蜒的山路上,他一度认为这个世界只有山村和田地。走出乡村去寻找梦想的冲动,是源于高中时的一次经历。那时,他读了一本叫作《北大才女》的书,书中所描述的未名湖的美丽风光

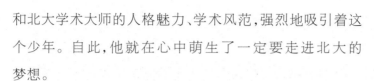

和北大学术大师的人格魅力、学术风范,强烈地吸引着这个少年。自此,他就在心中萌生了一定要走进北大的梦想。

2001年,甘相伟顺利考入了湖北经济管理大学长江职业学院法律系。他毕业后做过水泥工、产品销售员等,还曾在广州做过一段时间的法律咨询师。在广州期间,甘相伟一直梦想着上北大。他实在难以忍受内心的煎熬,只身来到北京大学寻找机会。2007年8月,他在游未名湖的时候,不知不觉间走到了一栋教学楼前。一名保安在教室里面看书学习,这一幕打动了他。他不由自主地走过去和那个保安闲聊。通过聊天,甘相伟了解到这个保安是他的老乡,彼此感觉特别亲切。后来,甘相伟请求这位老乡推荐他来北大当保安。在老乡的热心帮助下,第二天保安队长就面试了甘相伟。当保安队长问他"你为什么要来当保安"时,他说:"第一是求生存、求发展,第二是为了学习知识、增长见识。"就这样,2007年9月,他和三千多名北大学子一起走进了北大校园,走进了他梦寐以求的知识殿堂。但他的身份不是学生,而是在西门站岗的一名普通保安。他曾因此而感到失落,甚至埋怨自己:"当时怎么没有一步考进来!"他暗暗下决心:一定要以保安为跳板上北大。于是他决定利用所有的空余时间走进北大的课堂,聆

听名师的教诲!

当他第一次换下保安服背上单肩书包走进教室的时候,他有些羞涩,有些忐忑不安。他紧张地坐在很靠后的位置,生怕老师点名时会注意到这个一直没有举手的学生,更害怕同学知道后会盯着他看个不停。当然,直到最后下课,也没有人知道他是谁。坐在旁边的同学甚至把他当作中文系的学生,问他"最近在看谁的作品"。"鲁迅的散文集《野草》。"他回答。后来,为了听得更清晰,他总是提前半个小时来到教室,坐在前三排中间的座位上。就这样,他旁听了中文系、法学院、社会学系以及心理学系等院系的多门课程。听课时,他总是随身携带一些小纸条,用小纸条认真记录别人提到的书籍。为了省钱买这些书籍,他可以一连吃好几天的方便面,甚至甘于忍饥挨饿。

可以说,甘相伟在学习方面,几乎达到了痴迷的程度。甚至在给学生指路时,他都不忘打听:"你是哪个系的?你们系哪些老师的课讲得好?"他曾非常有感触地讲过自己听课的经历。他说:"在北大,我得到了很多老师和学生的帮助。让我特别感激的一个人,就是鲍威老师。有一次我在西门站岗,我说我对教育感兴趣,能不能听他的课?他说:当然可以。于是,他告诉了我上课的时间和地点。我同他的研究生一起上课,他特意嘱咐助教,给我多复印一

份讲义。还有韩凌教授,她经常和我探讨家庭教育和学术话题,并送给我《读库》系列书籍,让我在北大好好学习,希望看到我不断进步。"正是靠着这样的韧劲和拼劲,经过一年的努力,甘相伟2008年终于考上了北大中文系,实现了自己的梦想,获得了与北大学子并肩学习的机会。

甘相伟从鄂北山区一路走来,一直在与贫穷、苦难、挫折、伤害、失败、嘲笑、讥讽对抗着。他说:"为了有机会读书,我曾忍饥挨饿,拼命节省日常开销;对于用命抚养我的三爹和母亲,我一次次忍住泪水,发誓要回报他们;为了早日独立,能够养活自己,我红着脸走上大街推销英语教材;为了实现心中的北大梦和文学梦,我白天站岗,晚上疯狂地读书写作……""我是湖北偏僻的小山村里长大的农家孩子,从小便知道生活的艰难、农民的艰辛、读书的不易。直到今天,农村孩子上大学依旧不容易。""每当我走在北大校园里,看到建筑工地上卖命干活的工人,就会久久地伫立。看着他们,我就想起我的三爹,因为他也是他们中的一员。多看看他们,我就能增加对生活的理解,也就更珍惜眼前一点一滴的幸福。"

由于有着这些经历,甘相伟异常珍惜在北大求学的机会。因此,他考上了北大以后,依然勤奋努力、刻苦学习。五年之内,他利用业余时间把自己的经历写成了一本十万余字的随笔集,取名为《站着上北大》。此书由北大校长周其凤先生亲自作序。全书共十章、三十七个小节,系统而全面地讲述了作者艰辛的寻梦历程。

甘相伟在开篇就这样写道:"决定我们每个人命运的不是机遇,而是选择。但作出选择之后,我们就一定要坚持。从保安成长为北大学子,我选择了,也坚持了。所以,我的梦也圆了。"他的话让我们深深地体会到:上天只会眷顾那些勤奋的人,追逐梦想的途中难免会遇到挫折,但只要我们够坚定、够勇敢,现实和梦想的距离就不再是那么遥远。

如今这个"可以不顾别人投来的怪异目光,在岗亭里读康德"的青年保安,已经成为北大乃至全国知名的公众人物,并被评为"中国教育2011年度十大影响人物",成为"和谐文化大讲堂青少年励志讲师"的一员。

甘相伟从一名默默无闻的保安成长为令人钦佩的北大学子,这位来自湖北农村的"80后",用自己的努力和执着就写了现代版的"有志者事竟成"的励志故事。他也用行动证明了自己所说的那句话:"一个人,你不管起点高低,都应该自强不息。起点高并不代表终点好,起点低并不能代表终点差,起点不能决定好坏,一场考试也不能决定一个人的命运,最终你得通过长期不懈的努力来获得成功。"

草根 "草根"直译自英文的 grass roots。它有两层含义:一层含义是指同政府或决策者相对应的势力,这层含义和意识形态联系较为紧密。人们平常说到的一些民间组织、非政府组织等一般都可以看作"草根阶层"。另一层含义是指同主流、精英文化或精英阶层相对应的弱势阶层。

❈ ❈ ❈

不积跬步,无以至千里;不积小流,无以成江海。骐骥一跃,不能十步;驽马十驾,功在不舍。锲而舍之,朽木不折;锲而不舍,金石可镂。

——(战国)荀子

地下通道传妙音

　　阴暗潮湿的北京西单地下通道里,一个年轻女孩,抱着一把吉他,专注地自弹自唱。清脆嘹亮而又不带一点杂质的歌声,在空旷的地下通道久久回响。这歌声让我们感受到了苍凉的爱、沉静的美、灵魂的感动与澄澈的梦想。这个女孩就是有着"西单女孩"之称的任月丽。

　　任月丽出生在河北省涿州市松林店镇松林店村。父亲腿部有残疾,母亲智障,所以她是由奶奶抚养长大的。哪想到,小月丽在唱歌方面却表现出极高的天赋,一首歌听两遍就能唱得像模像样。每个寂静的夜晚,小月丽都会把自己新学的歌唱给奶奶听,奶奶常常听得眉开眼笑。然而,出生于这样一个贫寒家庭的任月丽,哪有机会发展自己的爱好呢?2001年,母亲又因意外事故烧成重伤,这使

原本就风雨飘摇的家庭雪上加霜。窘迫的家境迫使读初一的任月丽辍学了。

三年后,当同龄的孩子还在父母身边撒娇的时候,年仅十六岁的任月丽便背起行囊,开始独身闯荡北京了。她渴望在北京挣钱养家糊口,更渴望有一天能够在北京实现自己的音乐梦想。初到北京,人生地不熟,只能找了一家小餐馆打工。老板和她谈好的条件是包吃包住,每个月再给她三百块钱的工钱。可一个月后结算工资时,老板却无理地说:"对你包吃包住就够了,你还想要钱?"任月丽既委屈又气愤,含着泪辞职了。辞掉工作后,任月丽身上的钱很快要花光了,她非常焦急。她每天提着沉重的行李,徘徊于北京街头,渴望能找到一份工作。可是无数次的街头彷徨,换来的都是无望的感伤。任月丽快要绝望了。

2004年11月的一天,任月丽终于看到了些许希望。这一天,任月丽在北京复兴门附近寻找工作。当她穿过复兴门地下通道时,看到一个二十岁左右的小伙子边弹吉他边唱歌,行人不时地往他面前的报纸上扔钱。这是她第一次见到真人演奏吉他,悠扬动人的旋律一下子就吸引了她。她在旁边站了很久,心想,唱歌既能实现音乐梦想,还能赚到钱,这是多么好的事情啊!于是,她鼓足勇气,走到小伙子面前。"我可以跟您学弹吉他,拜您为师吗?"任月丽羞怯地小声问。小伙子把吉他放在膝盖上,扬起头看着这个衣衫褴褛的女孩,半晌没说一句话。"我没有钱,但是我每天可以帮助您拎包、打杂作为'学费'。"任月丽急切地补充说。"那你给我唱两首歌吧!"小伙子终于开口了!任月丽欣喜万分,一口气唱了好几首歌。任月丽唱完后,小伙子觉得她的确有天赋,于是决定收下这个几乎身无分文的徒弟。从开始学吉他起,任月丽就每天玩命地学。为了找感觉,她每天早上五点钟就起床练吉他。不久,她的手指便磨出了血泡,疼痛难耐,她就戴着手套继续练。让她欣喜的是,她戴着手套也能找到感觉。当手指的伤口结痂,脱了手套后,她的吉他弹奏水平居然和小伙子不相上下了。两个月后,任月丽已经能够独自弹出完整的乐曲。小伙子在地下通道给她开辟出一块小场地,告诉她:"你出师了!"

2005年1月底的一天早晨,天刚蒙蒙亮,任月丽就带着一把刚买的二手吉他,兴奋地来到复兴门地下通道。她捋了捋头发,坐下来,然后小心翼翼地从包里拿出她人生的第一把吉他,轻轻地唱起她的第一首流浪曲《我是不是该安静地走开》。当纯净而略带感伤的歌声轻轻地触碰墙壁,在地下通道优美地弥散开来的时候,任月丽的脑海里浮现出奶奶和父母愁苦的面容,忧愁的心绪油然而生。与

此同时,她又感到无比激动,因为这是她第一次手抱吉他唱出心中的梦想。唱着唱着,她已情不自禁地眼中噙满了泪水。这时,一个路过的小男孩放下十元钱,并深情地对她说:"你唱得真好!"为此,任月丽感动了许久。那天,任月丽第一次靠唱歌挣了七十元钱。那个月,她意外地竟挣了一千多元钱。她欢欣雀跃地给家里寄去了五百元钱,她第一次感受到能为家里排忧解难的快乐。可是,在复兴门地下通道里唱歌的歌手有六七个,她去了只能排队等候,一次最多唱两个小时,况且,那里太嘈杂。她决定另外物色地方。她发现,西单图书大厦北边的地下通道虽然人流量不大,但很安静,没有其他歌手争地盘。于是,她就选定了西单地下通道。从那以后,任月丽每天早上七点就来到西单地下通道唱歌。

就这样,任月丽在这里一唱就是四年。由于她唱得特别用心,渐渐有了自己的"歌迷"。有一个住在附近的大姐孙明媚,每次经过她身边时,都会默默放下几枚硬币,站在那里听几分钟。时间长了,两人熟悉后,任月丽每次见到她,都微笑点头示意。一次,月丽感冒了,孙明媚听到她咳嗽后,就关切地说:"小妹,你感冒得很严重,等下我给你煲汤送过来,你要照顾好自己!"

地下通道歌手时常会遇到些让人尴尬的事情。2006

年7月的一天,任月丽正在专注地唱歌,一个中年男人路过,掏出一枚五角硬币,恶狠狠地往她身上一扔,不屑地说:"可怜你吧!"任月丽受到极大的侮辱。她生气地抓起那枚硬币,狠狠地扔了回去,回敬道:"我不要你可怜!"说完这句话,她就委屈地哭了。平静下来后,任月丽想,对方之所以对自己无礼,或许是因为自己的歌声没有打动他。只有自己的歌声打动人心,才能赢得别人的尊重。于是,她开始观察从通道过往的路人都是什么年纪,进而根据他们的着装等分析他们的身份。一段时间后,她弄清了不同时间段经过这条通道的人流的区别:第一类是早晨和傍晚经过通道的人,大多是在通道两边的办公楼里上班的白领。他们的年纪在二十五岁到三十五岁之间,这类人文化层次较高。第二类是上午和下午经过的人,他们大多是去西单商场逛街的,以家庭主妇为主。于是,她把第一类作为自己要重点"打动"的人。经过揣摩,她在上下班的时间专门挑着唱一些如《后来》《想带你去吹吹风》等有意境的歌曲;而在上午和下午,便唱《两只蝴蝶》等口水歌。果然,听她唱歌的人越来越多。

一天中午,一个在工作上遭遇挫折的女孩,蹲在通道里不停地打电话,打完电话后就低头啜泣。任月丽看了很心疼,便轻轻地唱起了吕方的《朋友别哭》:"朋友别哭/我

依然是你心灵的归宿/朋友别哭/要相信自己的路/……"听到深情、鼓励的歌声伴随吉他声在空旷的过道里缓缓弥散,女孩慢慢抬起了头,含泪跟任月丽打招呼说:"听了你的歌,我感觉好多了。再给我唱一首《隐形的翅膀》吧!我想变坚强一点!"任月丽用歌声赢得了应有的尊重和喜爱,更为重要的是,能为那些彷徨和无助的人带来心灵的慰藉,她感到非常高兴。从那以后,她注重唱一些体现都市人心境的歌曲。

  2008年10月底,一位朋友给任月丽拿来安琥的《天使的翅膀》,要她学学。任月丽听完第一遍就被深深吸引了。"落叶随风将要去何方/只留给天空美丽一场/曾飞舞的声音/像天使的翅膀/划过我幸福的过往……"唱着唱着,想到自己的漂泊生活,她不禁泪流满面。从此以后,任月丽常常在地下通道唱这首歌。有一天,她唱这首歌时,一对情侣从地下通道走过。女孩听了一会儿,突然趴在男孩身上哭了。任月丽以为出了什么事,就停了下来。那个女孩却说:"你别停,继续唱吧,太好听了。"说着,女孩竟掏出一千元塞给她。她赶紧说:"大家的钱来得都不容易,这么多的钱我不能收。"然后硬是把钱塞给了那个女孩。

  在北京生活的几年中,任月丽吃了许多同龄人没有吃过的苦。"那会儿我最愁的事是冬天,阴冷的风带来穿透骨缝的疼,因为有时候一唱就是七八个小时,我都是穿着东北那种棉衣棉裤,然后套好几件毛衣,脚上穿着三四双袜子。"任月丽略带苦涩地说。而那个时候,任月丽每月还要将大约一半的收入寄回家中,留给自己的生活费每天不超过十块钱,最为艰苦的时候,一顿只吃两个馒头和一点榨菜。

功夫不负有心人,任月丽的艰辛付出终于得到了回报。2008年12月25日,一个网名叫"非我非非我"的网友,被任月丽的歌声吸引了,忍不住拿出摄像机,偷偷地将正在唱《天使的翅膀》的任月丽拍了下来,并于当晚传到了优酷视频里:任月丽穿着厚棉袄,顶着呼啸的北风,唱得那么投入,声音宛如天籁。她的歌声打动了许多人,无数网友纷纷跟帖留言,甚至有网友含泪写下评论,称她为"西单女孩",也有人称她为"西单天使"。中央电视台、湖南卫视、北京卫视和台湾东森电视台等十多家电视台纷纷请她去做节目。她的曝光率居然比一些成名已久的歌星还高出很多。

2011年,任月丽参加了兔年春晚,并成为第一个登上央视春晚舞台的"草根"明星。在节目制作现场,当主持人董卿宣布"西单女孩"任月丽上场时,全场报以热烈的掌声。被请出的"西单女孩"任月丽,依然穿一件素净的白衬

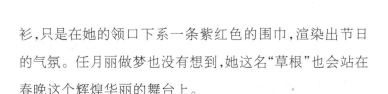

衫,只是在她的领口下系一条紫红色的围巾,渲染出节日的气氛。任月丽做梦也没有想到,她这名"草根"也会站在春晚这个辉煌华丽的舞台上。

但是,面对如此殊荣,任月丽没有骄傲,反而表现得很淡定。走下春晚舞台,她依然回到了西单的地下通道,恢复了以往的生活。记者采访她时,她轻松地说:"我想明白了。当明星,有当明星的活法,而我很显然不适合当明星。我觉得,这附近的人们之所以喜欢我,是因为我能根据他们的喜怒哀乐,唱歌调节他们的情绪。我很享受这种状态!我想像国外那些做地铁歌手、地下通道歌手的人一样,一辈子以在地下通道唱歌为职业,活得自我,活得洒脱!"当记者问起她在经历过这么多之后,性格上有什么变化时,她抿了一下嘴,说:"如果说我性格上有什么变化的话,那就是更加执着、更加坚定自己的梦想。"

从寒风彻骨的北京西单地下通道,到央视春晚万人瞩目的绚丽舞台;从无数陌生网友的心灵共鸣,到一波三折、笑泪与共的追梦历程,"西单女孩"任月丽终于在追逐音乐梦的道路上,羽化成蝶,振翅飞翔。

知识链接

北漂 北漂也称"北漂一族",是特指来自非北京地区的、非北京户口的、在北京生活和工作的人们(包括外国人、外地人)。他们来京初期都很少有固定的住所,给人以漂泊不定的感觉,且因自身诸多原因对于北京认同感很低,故而得名。

❋ ❋ ❋

一个人有了崇高的伟大的理想,还一定要有高尚的情操。没有高尚的情操,再伟大的理想也是不能达到的。

——陶铸

无臂偏谱钢琴曲

断了手臂的人,生活都很难自理,更不用说弹钢琴。但就有这样一位断臂青年,他不仅学会了弹钢琴,而且成为2011年度感动中国十大人物之一——他就是有"断臂钢琴王子"之称的刘伟。

"当命运的绳索无情地缚住双臂,当别人的目光叹息生命的悲哀,他依然固执地为梦想插上翅膀,用双脚在琴键上写下:相信自己。那变幻的旋律,正是他努力飞翔的轨迹。"这段话是2012年2月3日晚中央电视台"感动中国2011年度颁奖盛典"授予刘伟的颁奖词。

儿时的记忆让刘伟痛心。刘伟十岁那年,和三个小伙伴在住家附近玩捉迷藏游戏,没想到竟然发生了意外。刘伟家附近有一个简陋的配电室,墙是用土夯筑的,很矮,一

抬腿就能翻进去,里面的电线裸露在外面。玩游戏时,他往墙上爬,低矮的土墙一下子倒塌了。他摔在十万伏的高压线上,当即不省人事。送医后经过医生诊断,刘伟的双臂肌肉由于遭受电击都已坏死,必须尽快进行双上肢截肢手术。

五天后,刘伟清醒过来。他以为自己只是生了一场大病,或是受伤了。但母亲王香英说出的实情让刘伟遭受巨大打击。想当一名职业足球运动员的他清醒地意识到:驰骋于绿茵场上的梦想是永远无法实现了。他变得消沉,整天望着天花板发呆,不愿迈出病房一步。

但是,失去双臂的刘伟并没有沉湎于痛苦太久,很快,他就重新做回了自己。

在医院治疗期间,刘伟遇到了他生命中的一位贵人,这使他截肢后的灰暗生活闪现了一丝亮色。那是一位同样失去双手的病人,他叫刘京生,时任北京市残联副主席。他能自己吃饭、刷牙、写字,而且事业非常成功。在和刘京生相处的那些时日,刘伟受到了很大的启发,并领悟了许多道理。他坚信:别人能做到的,自己也一定能做到。于是刘伟勤学苦练,半年后,他终于能自己用脚刷牙、吃饭、写字了。

刘伟对自己的未来充满了信心。两年后,刘伟再次回

到了原来的班级。耽搁了两年学业,妈妈想让刘伟留级,他死活不干。在家教老师的帮助下,刘伟利用暑假将两年的课程全部补完。期末考试,刘伟竟然拿到全班前三名的好成绩。"从那个时候起,我开始努力学习。任何事情我只要想学,都能学得很快,做得比别人好。"刘伟自信地说。

后来,在刘京生的热心帮助下,刘伟被推荐到北京市残疾人游泳队学习游泳。游泳,刘伟在出事前根本不会,只是在做水上康复训练的时候,在教练的指导下练习过几次。用了两年的时间,刘伟就用"完美的双脚"创造了令人难以置信的奇迹:在2002年武汉举行的全国残疾人游泳锦标赛上,刘伟一举夺得了两金一银的好成绩;2005年、2006年连续两年获得全国残疾人游泳锦标赛百米蛙泳项目的冠军。那时,刘伟对母亲承诺:在2008年的残奥会上一定要拿一枚金牌回来。

然而,就在刘伟为奥运会比赛努力作准备的时候,命运又一次无情地与他开了一个巨大的玩笑。高强度的体能消耗导致他免疫力迅速下降,他患上了严重的过敏性紫癜。医生告诉刘伟的母亲,高压电对刘伟的身体细胞造成严重伤害,必须让他放弃训练,否则将危及生命。

刘伟的梦想再次破灭了。但不肯向命运低头的他并没有沉沦，没有向命运屈服。高三的时候，刘伟喜欢上了音乐。他买来各种乐理方面的书籍，闭门苦读。当时刘伟还结识了独立音乐制作人钟老师。钟老师对他说："要学作曲，你得先学弹钢琴。"

　　就在此时，高考临近。刘伟的成绩很好，但是他的内心却无法平静。他的足球梦、游泳梦相继破灭，如今他必须在音乐和大学之间作出抉择。在深思熟虑后，刘伟不顾家人的反对，毅然放弃了高考，踏上了寻求音乐之路。他认为："人最开心的事情就是能从事自己喜欢的职业，不一定都要上大学。"

　　刘伟开始用脚来练习弹钢琴。用脚练琴的艰辛超出了常人的想象。由于钢琴比较高，刘伟的脚没有支撑点，双腿完全是悬空的，长时间的练习导致刘伟双腿肿痛。更为困难的是，大脚趾比琴键宽，按下去会有连音，并且脚趾无法像手指那样自如地张开。但是为了能够有所收获，刘伟每天都坚持练琴七八个小时，练得他腰酸背疼，双脚抽筋，脚趾常常被磨出血泡。刘伟硬是克服了重重困难，在脚指头无数次被磨破以后，终于摸索出让脚和琴键相处的方法。仅用一年的时间，刘伟就达到了正常人业余钢琴七级的水平。三年后，刘伟的钢琴水平就达到了专业七级。刘伟自豪地说："没有手，用脚一样能弹钢琴。"

　　同时,刘伟还积极地参加各种各样的活动以充实自己的生活。2008年,他参加了北京电视台的"唱响奥运"节目,弹奏了他的成名曲《梦中的婚礼》,而且与刘德华合唱了《天意》,并约定日后要和刘德华合作唱一首歌曲。于是,刘德华的新专辑里多了一首叫作《美丽的回忆》的歌,其中有这样的一段歌词:"我站在这里送给你/送你我最美丽的回忆/送你我的努力/你的鼓励永远都清晰/我站在这里拥抱你/抱你我最真实的身体/抱你我的约定/你的美丽永远都很清晰。"这一段歌词就是刘伟写的。除此之外,2009年12月3日,刘伟还参加了在广州举行的全国双上肢障碍者书画及才能展示活动。很多电视节目组也向他发出邀请。

　　经过不懈的努力和奋斗,刘伟的音乐梦想终于变成了现实。2010年10月10日晚,经历了为期三个月的六场初赛和三场半决赛后,"中国达人秀"总决赛如期在上海八万人体育场举行。当袖管空空的刘伟走上舞台时,所有人都知道他要表演什么,但没有人能想象他究竟要怎样用双脚弹奏钢琴。而当他坐到特制的琴凳上之后,《梦中的婚礼》那优美的旋律如欢快的流水般从他脚下流出,十根脚趾在琴键上灵活地跳跃着,全场一片寂静。在刘伟表演结束之后,三位评委和所有观众都起身鼓掌。评委高晓松问他这一切是怎么做到的,刘伟平静地回答:"我觉得我的人生中只有两条路,要么赶紧死,要么精彩地活着。是精彩地活着这个信念支撑我走到今天。"接着评委伊能静又问他:"你为什么选择这个行业?用脚弹琴太艰苦了,为什么要这么辛苦地弹钢琴?你为什么这么拼命呢?"刘伟站在台上很淡定地说:"我的生命离不开三样东西:空气、水和音乐。音乐会带给我生命当中很多积极和快乐的元素,所以哪怕练习很辛苦,我也能坚持下来。"

获奖后的刘伟很少提"励志"二字,他常挂在嘴边的话是:"拥有的永远比失去的多,至少我还有一双完美的脚。用这双脚吃饭、穿衣、游泳、弹钢琴、上网、开车,别人用手能做的事情,我靠一双灵活的脚也能去做,而且能做得很好。"刘伟想用亲身经历告诉那些身体有缺陷的人,只要发挥自己的专长,残疾人也能做好很多事情,也可以取得事业上的成功。

这让人不由得想起"2011感动中国人物"推选委员陆小华的话。他说:"脚下风景无限,心中音乐如梦。刘伟,用行动告诉人们,努力就有可能。今天的中国,还有什么励志故事能赶上刘伟的钢琴声?"

知识链接

2011感动中国十大人物 2011感动中国十大人物包括：中国核事业的领航人——朱光亚，坚守四川藏区12年的义务支教者——胡忠、谢晓君夫妇，让中国肝胆外科站到世界最前列的医学泰斗——吴孟超，让全世界见证梦想奇迹的无臂钢琴师——刘伟，一生奉献清廉履职的好书记——杨善洲，烤羊肉串的善良慈善家——阿里木，跨越海峡为大陆添爱心的志愿者——张平宜，奋力救下坠楼婴儿的"最美妈妈"——吴菊萍，照顾养母12年的善良孝女——孟佩杰，两袖清风的公安部高官——刘金国。

✳ ✳ ✳

宝剑锋从磨砺出，梅花香自苦寒来。

——《警世贤文》

假肢舞出人生梦

"双腿截肢了,我依然能跳舞!"这无比坚定的声音来自一位二十八岁的年轻母亲。她叫廖智,是四川绵竹汉旺镇的一位舞蹈老师。2008年5月12日,突如其来的大地震瞬间夺去了她深爱的女儿的生命和自己的双腿。但是她没有放弃对自己舞蹈梦想的执着追寻,而是选择坚强面对,选择用残缺的肢体在舞台上演绎自己的力与美。

如果没有那场天灾,如今的廖智应该有一个完美而温暖的家庭,女儿也该满六周岁了,她将在德阳市天天好舞蹈学校教学生跳舞。六年前的地震摧毁了她的一切。

2008年5月12日午饭后,廖智和婆婆在家逗孩子玩。突然,地震来袭,她眼睁睁地看着自家房屋的一半垮掉。几秒钟后,她和婆婆、女儿一起随垮塌的房屋掉了

下去。

在那场灾难中,她不仅失去了深爱的女儿和婆婆,还失去了双腿。廖智悲痛地回忆说:"我用尽全力,终于摸到女儿冰凉的、柔软的、小小的身体。我使劲抓住她小小的身体,全世界都像停止了呼吸。我很想对女儿说句话,可是我的大脑一片空白。我试着张了几次嘴,最后唱了《种太阳》和《铃儿响叮当》。以前哄女儿睡觉,我总是要唱很多儿歌给她听,而这两首是女儿最喜欢听的。唱完以后,我又接连唱了好几首儿歌,全是以前女儿听过的歌。"女儿和婆婆的惨死,几乎令廖智崩溃了。"这一瞬间,我已经万念俱灰,我觉得活着或者不活都不重要了,而疼痛更加微不足道。抓着女儿的身体,看着婆婆紧闭的双眼,还有什么比骨肉分离更痛彻心扉的?"

幸运的是,在废墟里艰难地熬过二十六个小时后,廖智终于获救了。她是这栋倒塌楼房中唯一的幸存者,但她却不得不面对被截肢的残酷现实。坚强的廖智没有犹豫,更没有被突如其来的灾难吓倒。相反,她镇定自若,在没有亲人签手术单的情况下,淡定地对医生说:"我自己签吧。"医生问她:"你知道什么叫截肢手术吗?"廖智平静地说:"知道啊,就是把腿锯掉。"

廖智虽然失去了双腿,但她并没有消沉与颓废,也没有失去对生活的信心,而是坦然面对和接受了这一切。"的确,当我们经历了灾难以后,也许就变得跟以前不同,跟大多数人不同,因为我们身体或多或少有一些残缺。但这并不能剥夺我们追求幸福的权利。只要我们面带笑容,就可以一直幸福地生活下去,跟这个世界上所有的人没有什么不同,甚至可以比他们还要幸福!每个人的心里都藏着不同的伤,我们跟别的人没有任何不同,只是我们的伤在身体上而已。但是事实证明,幸福对于每个人都不会不公平,一切只因你内心愿不愿意去享受和珍惜一切!"廖智说。

更为可贵的是,廖智并没有放弃她一直追寻的舞蹈梦想。在重庆治疗期间,她脑海中常浮现自己重返舞台的样子。一天,她突然想编一个舞蹈,想再上一次舞台。于是,她跟前来看望自己的以前一起跳舞的姐妹开始研究在轮椅上的舞蹈动作。巧合的是,世界小姐组委会的有关人士到医院看望她时也提到跳舞的事。二者不谋而合。经过一下午的商量,他们决定用鼓做道具,廖智直接跪在鼓上跳舞。

但要实现梦想,对廖智来说并不是一件容易的事。由于双腿截肢,就连跪立这个对常人来说很简单的动作,廖智都难以胜任。"虽然这只是一个简单的动作,可是对于

我这样做了截肢手术以后还不曾跪过的人来说却是那么艰难。我用力抓住床的扶把缓慢地跪了下去,这是我手术以后第一次下跪——身体摇摇晃晃地,膝盖软软地就像不属于我自己的,跪起来就像跪在一块海绵上一样没有力气。而且刚跪了一分钟不到,双腿便开始战抖,接着全身都战抖起来,我又赶紧坐下去。当我再一次跪下去,老师让我放开扶把,不用手支撑跪给他们看。可是我试了几次都是刚松开手就保持不了平衡,几乎要倒下去,又赶紧用手抓住床边的扶把。"面对这样的困难,廖智并没轻言放弃,"我还是不想轻易跟自己说不可能。我想无论如何都要尽力去尝试,除非用尽力气也无法做到。"

她开始像孩子学走路一样,一点一点拖着自己的身体训练跪立。她扶着床架慢慢地跪下去,然后尽量让自己松开手保持平衡,一次又一次重复着这个动作。截肢手术以后的她跪立几乎全靠膝盖上的那一点支撑整个身体,膝盖以下那部分短短的残肢几乎起不了任何作用。于是每当她跪久一点无法保持平衡的时候,整个人便会向后倒,而这特别容易使残肢末端受伤。再加上她现在的腿就像灌满铅一样沉重,而且反应迟钝,导致她即使面临危险也无法迅速作出反应。于是她让妈妈在旁边随时准备帮她撑住身体。就这样,她跪一会儿,坐一会儿,休息几分钟,再一次跪立。不知道重复了多少次,她终于可以不靠手扶把就能跪立,而且跪得很稳。

练好了跪立以后,为了进一步规范舞蹈的动作,舞蹈老师把廖智带到舞蹈排练厅去练习。坚硬的地板让她的膝盖疼痛难忍,练了几次,她就疼得没办法再接着跪立。一段舞蹈三分二十六秒——非常短暂的时间,可是每当她跳完一次都会大汗淋漓,因为在整个舞蹈过程中,她几乎都是靠膝盖和大腿的力量去支撑整个身体的,钻心的疼痛和体力的大量消耗是她难以承受的。母亲见女儿训练得如此辛苦,多次劝她放弃。可廖智总是对母亲说:"再疼也就每天疼三个小时,咬咬牙就挺过来了。"

功夫不负有心人!2008年7月14日,廖智的舞蹈"鼓舞"成功上演。当双腿残缺、一身红装的廖智在大鼓上翩翩起舞时,现场所有的人都感到震撼。表演结束后,当老师和亲朋好友向她伸出大拇指说"宝贝!你很棒"的时候,廖智的眼里噙满了泪水。

"鼓舞"的成功演出让廖智很开心。但是她并没有就此止步,她想让和她一样遭遇不幸的灾区人民看到"鼓舞",受到鼓舞,从而早日走出心灵的阴霾。经过反复思考,她决定到家乡德阳举行义演,并想以此为家乡父老筹集一笔购买过冬寒衣的善款。于是,她又开始了不间断的

忙碌与奔波。虽然困难重重,但她仍努力争取、不言放弃:"我是不会放弃的,就像当初我没放弃舞蹈梦想一样。"

在社会各界人士的大力支持和帮助下,廖智的愿望终于实现了。2009年1月3日,由廖智发起的"2009年'鼓舞'新年义演"在德阳艺术宫激情上演。

晚会的第九个节目是廖智的双人舞"走向希望"。廖智身穿一件鲜艳的红色舞裙,男舞伴穿一套如雪的白色舞衣。两人在舞台上翩翩起舞,谁也看不出这个美丽的女子双腿有被截肢的迹象。台下的观众甚至怀疑,"廖智的腿不是好好的吗?怎么说截肢了呢?"忽然,音乐转入高潮,舞伴猛地将廖智高高举过头顶。廖智双手抓住右脚,一瞬间,她把一条假腿取了下来,扔在地上,红色的裙褶垂了下来。这时,全场观众都被这震撼人心的场面感动得泪流满面、泣不成声。

晚会的最后一个节目是舞蹈"鼓舞"。一个直径两米、高一米的红鼓出现在舞台中央。廖智半跪在舞台上,双手击鼓。廖智的精彩表演赢得了台下观众阵阵的掌声。在舞蹈将要结束时,她对全场观众说:"我想对全中国人民、对全世界人民说四个字:'四川雄起!'"舞蹈结束后,廖智又一边喘气一边说:"我们的泪已经流干,我们应该迎着太阳前进,活着就应该活得更好!"

这次义演举办以后，廖智引起了各界的关注。她也参加了多个综艺类的节目，她的坚强、她的乐观和她的优美舞姿，曾让无数观众感动。在"舞出我人生"的冠军之夜，廖智说过："这样的腿我也喜欢，用这样的腿我也能跳出我热爱的舞蹈。"听闻此言，杨丽萍激动地说："只要想跳，什么样的腿都能跳舞。"当有人问她："你的梦想是什么？"她坚定地回答："我的梦想就是要继续跳舞，跳下去，直到我生命的最后一秒！"而在"我要上春晚"中谈到她为什么不选择坐轮椅来度过自己的余生时，她说："我当时只有两个选择：一是选择不装假肢，永远都坐轮椅，生活很不方便，没有自由，但是可以远离痛苦；一个就是承受痛苦，享受自由。我选择了享受自由！"与此同时，她又在自己的博客中对所有人说："我希望用我独特的生命去影响更多的生命，我相信这是上天让我活下来的目的！"

不幸的人往往会被不堪忍受的痛苦击败，往往会向别人寻求更多的帮助，而不是去主动帮助别人。但是廖智却把自己的爱无私地献给了那些和她一样遭受苦难的人们。2013年4月20日雅安地震后，她不顾个人安危奔赴抢险救灾第一线，戴着假肢送粮、送衣、送发电机、搭帐篷。廖智觉得在这样的危难时刻，她必须和家乡人民站在一起，奉献自己的绵薄之力。"我力气不算最大，但是对废墟里面的生存者的情况我肯定更加熟悉,简单救护要领也是知道的。我没啥大用,但还是会有用的。"

这就是廖智,是永远以微笑来面对苦难的廖智,是对梦想执着追寻、永不言败的廖智,是充满人间大爱的廖智。

义演 义演是指演艺界人士为了公益目的而进行表演的一种文学艺术活动。它分两种情况:一是出于公益目的并将演出收入献给公益事业;二是不收演出报酬。

❋ ❋ ❋

生活的理想,就是为了理想的生活。

——张闻天

"神剪"谱写生命歌

1964年出生在山东省栖霞市的栾淑荣曾遭遇一系列不幸：因车祸高位截瘫；陪伴她的慈母与世长辞；丈夫无情地离去；生活不能自理还要抚养儿子。但在生与死的较量中，她战胜了死神，战胜了自我，用一把神奇的剪刀谱写了一曲生命的赞歌。据她后来回忆，她自己也记不清楚什么时候学会剪纸的，可能是遗传吧，好像生来就会剪纸。她家的五个姐妹都会剪纸，母亲、奶奶也都会剪，奶奶还剪得特别好，是远近闻名的剪纸高手。她自己从小也就爱剪纸。

栾淑荣剪纸的动力来源于两个方面，一方面是爱好，另一方面是为了挣钱。小时候，她看到姐姐们都剪纸，就学着找一些样纸自己剪。谁知她无师自通，姐姐们往往还

没剪熟练,她丢开样纸就已经能剪了。剪完后她就跟着姐姐一起赶集卖剪纸,因为她的剪纸细腻、秀美,所以大家都喜欢,经常是别人要卖的剪纸还有一大堆,她的却早早卖完。

当时,一张窗花卖五分钱。为了多挣点钱补贴家用,栾淑荣不分白天黑夜地剪。冬天在土炕上,全家人都睡下了,她还把玻璃瓶做的煤油灯挂到窗上,守着灯光继续剪。"那时候一年下来,能剪一大箱子,冬天一进腊月就开始每天赶集,"栾淑荣说,"赶集卖剪纸得来的钱都一分不少地交给母亲,自己连个包子都舍不得吃,最多的一年卖了一百多元。"正是凭着这份坚忍、这份悟性,栾淑荣的剪纸技艺由生到熟,而且进步速度很快,到十七八岁时就不用画稿、不用眼看了,拾剪瞬间即成作品,她成了村里的剪纸高手。

1984年,因家庭经济困难,刚刚初中毕业的栾淑荣不得不辍学,靠着剪纸补贴家庭生活费用。一天,栾淑荣正在镇上卖剪纸,两位领导模样的人挤进人群,蹲下来一张一张仔细地看她的作品,又详细询问了有关情况,然后互相耳语一阵就走了。不久,栾淑荣接到市文化部门的通知,叫她到市文化馆专门学习剪纸。她高兴地跳了起来,决心珍惜这个机会,为做一个好的民间剪纸传承人加倍努力。

到了市文化馆,她抓紧一切时间如饥似渴地看书、画画、练剪纸,系统地学习中国画技法,研究汉代画像石,对剪纸有了比较理性的认识。她还利用一切机会下乡调查研究,进行采风,收集、整理民间剪纸艺术遗产。她走遍了全市农村的高山大川,深入每一个村庄、集镇,虚心向老大娘及一切会剪纸的人求教,采集到大量民间传统剪纸的古老熏样、原作。几个月下来,她皮肤晒黑了,人也瘦了一大圈。领导和同事们都心疼她,要她不要太急,慢慢来。她说,眼见老艺人一天天减少,这些珍贵的民间遗产渐渐消失,只有争分夺秒地去抢救,怎么能慢慢来。有一次,她骑自行车到离城较远的深山去采风,回来时天色已晚。在下一个陡坡时,她没有注意,单车越跑越快,溜到了路旁,险些摔进深山沟里。幸好她攀住路边的一棵小树,才成功脱险。

1988年9月,栾淑荣代表中国的剪纸艺人,随"中国民间艺术代表团"到巴西圣保罗进行为期一个月的剪纸表演,其高超的技艺和精彩的表演在巴西引起了轰动。巴西电视台和其他新闻单位广泛宣传了她的事迹,巴西《南美侨友》杂志在两期封面上连续刊登她的作品,她随身携带的八千幅作品被一抢而空,许多人甚至不远千里专程前来

请她剪纸、签名。

然而，正当栾淑荣的剪纸艺术日臻成熟的时候，命运却与她开了一个沉重的玩笑。

1996年11月3日，栾淑荣带着徒弟到烟台寻找工作。一家公司老板满意地接受了。老板派司机用自己的小货车送她们返回。快到栖霞时，劳累的栾淑荣在小货车里睡着了。突然，对面驶来一辆大货车，将小货车挤到路边的大沟里。栾淑荣从车里摔了出去，昏迷过去。当栾淑荣再次醒来时，已经是事故发生后的第八天。她躺在医院的病床上，慢慢睁开了眼睛。发现自己高位截瘫后，她又失去了知觉……

面对突如其来的灾祸，栾淑荣曾经绝望过，甚至想到了自杀。但当她被医生抢救苏醒后，儿子说了一句："妈妈，你别死，我有个瘫痪的妈妈也是有个妈妈啊！"一句话让她断了轻生的念头。她暗暗下定决心：为了孩子，也为了喜欢剪纸的人和中国剪纸艺术的发展，自己要坚强地活下去。

重新拿起剪刀，对于栾淑荣来说要克服常人难以想象的困难。由于高位截瘫，她大小便失禁。尽管每天她都尽量少喝水，但一天还需要更换三十多块尿布。她仰躺着剪一幅作品比正常人要多付出几倍乃至十几倍的努力。一天下来，她常常累得脖子僵硬得转都不敢转。她全然不顾这些,心思都花在剪纸上,一边学习别人的剪纸技术,一边揣摩。终于,她的剪纸技艺又上了一个新台阶。特别是她苦练的"剪纸打毛"技术——在一厘米长度的纸上居然能剪出四十四根毛毛!这样的"打毛"技艺在全国堪称一绝,被称为"天下第一"。

躺在床上十多年间,栾淑荣除创作了万余幅剪纸作品,她还对以前搜集到的剪纸底样进行系统整理,共整理底样近万幅。对于这些宝贝,栾淑荣一有时间就拿出来欣赏、比画,寻找创作灵感,多年下来,将每一幅作品都牢牢记在了心里。不仅如此,对于不完整的作品,她还充分发挥想象力与创作力,进行二次创作,把残缺部分补齐、补全,甚至对一些作品进行深加工。在青花瓷上加上人物故事,把熊猫与奥运会结合起来,这些都是她的创举。她说:"艺术也是有生命的,有些东西如果只是生搬硬套,就跟学习一样,是没有任何意义的。但是如果能进行二次创作,那么这样的艺术就有了生命力,也一定能继续传承、发扬下去,被更多的人所接受。"

正是有了这样的梦想,栾淑荣才会不辞辛劳,十多年来夜以继日地工作。在她的剪刀下,一张张红纸变成一只只活泼可爱的小猴子、一对对会开屏的小孔雀、一群群会唱歌的小鸟、一个个栩栩如生的人物。她说,当你住在与死亡如此接近的地方,你会更加珍惜生命。

她的一百多幅优秀作品参加了国内外展览,并得到国外专家的一致好评。许多国家的收藏家纷纷慕名前来求索作品。她先后五次荣获"金剪刀奖",作品被多个国家博物馆收藏,业内专家一致称她为"神剪"。2008年6月,她又被中华民族文化促进会剪纸艺术委员会授予"中华剪纸艺术传承奖"。

躺在床上十多年,栾淑荣不仅剪纸技艺突飞猛进、成绩突出,她的思想也发生了变化。"就像潜心修佛一样,大彻大悟之后,我才明白:现在我活着的主要目的,不是如何提高自身的剪纸艺术,再多的'神剪'也不能使我站起来,唯一能使我站起的办法就是通过自己把这门技艺传承下去,让更多的人了解、掌握这门技艺,让剪纸给更多的人带去欢乐、带去幸福!"只要一有时间,栾淑荣就将剪纸协会成员聚到一起,切磋技艺,互相学习,互相提高。哪里有大赛,栾淑荣总是积极推荐徒弟、协会会员去参加,主动帮他们联系、装裱。

见到邻居中有些小孩被她的剪纸吸引,栾淑荣就主动联系,免费教孩子们剪纸,有时甚至为孩子们提供吃住。看着可爱的孩子们在自己的影响下对剪纸那么痴迷,剪得那么好,栾淑荣觉得比自己得了奖都高兴。她认为他们才是剪纸的未来。

面对众多的荣誉和奖励,栾淑荣说:"以后我一定要好

好剪下去,把这门技术传承下去,当好传承人,真正把剪纸艺术发扬光大!"

栾淑荣靠着一双巧手剪出了多彩的人生。是剪纸艺术让栾淑荣将生命演绎得如此美丽。虽然命运无情,但无情的命运没有能够斩断她对剪纸艺术的执着与痴情,她将生命融入剪纸艺术,用一把"神剪"为我们谱写了一曲生命的赞歌。

采风　　古代称民间歌谣为"风",所以将采集民歌的活动称为"采风"。"采风"一词最早见于隋朝王通的《中说·问易》:"诸侯不贡诗,天子不采风,乐官不达雅,国史不明变。呜呼!斯则久矣,《诗》可以不续乎!"其后,明代刘若愚在《酌中志·大内规制纪略》中指出:"世之君子,当不讳之朝,思采风之义,史失而求诸野,闲中一寓目焉,未必不兴发其致君泽民之念也。"在现代,"采风"基本上延续了古代的蕴涵,是指对民情风俗的采集,特指对地方民歌民谣的搜集。

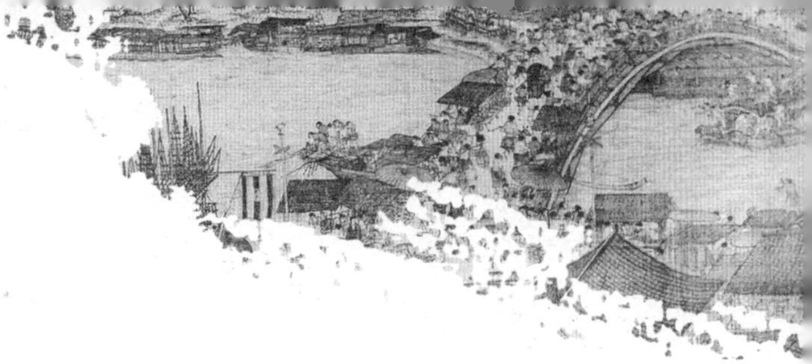

春蚕到死丝方尽，人至期颐亦不休。

一息尚存须努力，留作青年好范畴。

——吴玉章

杂技演绎不了情

杂技具有独特的艺术魅力,吸引了一代代人为杂技艺术而献身。还记得那个在"中国达人秀"上表演水晶球之舞的帅小伙儿吗?那透明的水晶球时而飘浮在空中,时而在他的肩臂上柔和而顺畅地滚动,仿佛有了生命一般。他就是美籍华人胡启志。

胡启志自幼就在心中埋下"杂技梦"的种子,并且为了心中这个永恒不变的梦想,不断拼搏,饱尝艰辛。

1981年出生于美国的胡启志,拥有第一代移民台湾的父母。他本可以顺利地从大学毕业,找份电脑工程师的工作安稳度日。但是他"从小就有怪怪的梦,一是到少林寺学功夫,二是学表演"。所以听从内心的号令,他决定坚持追寻心中的梦想。

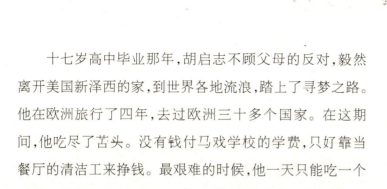

十七岁高中毕业那年,胡启志不顾父母的反对,毅然离开美国新泽西的家,到世界各地流浪,踏上了寻梦之路。他在欧洲旅行了四年,去过欧洲三十多个国家。在这期间,他吃尽了苦头。没有钱付马戏学校的学费,只好靠当餐厅的清洁工来挣钱。最艰难的时候,他一天只能吃一个面包。他得不到包括父母在内的其他人的援助与支持。

经历了重重困难和打击,胡启志后来回忆说:"有时候也觉得很惨,想着还不如回家,最起码吃住不愁。可是,我又不愿意一事无成地回去。"也许正是这股被"逼出来"的自尊,让他坚持了十多年。在这期间,他学会了火技,摸索出"魔幻水晶球"的表演技法,完备了"大环特技",甚至还到少林寺学了三个月的散打,并立志做一名街头艺人。

四年的欧洲打工经历使他发现"结伴上街表演杂技,比在饭店当清洁工有趣,也好赚钱"。二十二岁那年,经过申请,胡启志得以进入丹麦的表演学校,进行系统化学习,也结识了许多朋友,他不再感觉到孤单。

然而,在表演学校的课程虽然扎实多样,但一对一的训练收费高昂,自力更生的胡启志不到三个月就无法承受这一沉重的经济负担。他决定与一同练习"双人特技"的伙伴前往俄罗斯,"那里的学费及生活费很便宜,可以安排一周八小时的密集训练。我们还计划学成后要一起进

行旅行表演,扬名世界!"

胡启志在俄罗斯苦学了三个月。为了解决生计问题,他决定先到台湾"当英文老师,存点钱,再想下一步"。在这个几乎没有杂耍社群与学习资源的土地上,他开启了"一个人上街头"的生涯。

受过专业训练、在欧洲拥有丰富街头表演经验的胡启志在台湾初次单枪匹马走上街头时,却显得很紧张。他说:"身旁没有同伴,自己成了唯一的焦点,却能直接看到每个人的表情反应。"为了挑战自己,为了生存,更为了心中的杂技梦想,胡启志终于勇敢地站到了台北市西门町街头,开始了他的首场"个人秀"。让他意想不到的是:他的表演迎来了观众热烈的掌声,这让他"如释重负",也让他对自己充满信心。

然而,在精彩的演出背后,是无数次的摸爬滚打与累累伤痕。现在,胡启志身上仍有不少伤痕,"最严重的伤是肩膀韧带裂开了,直到现在还不是太正常"。另外,额头、下巴都缝过针,肘部有积水,手指头变形,脊椎是歪的,骨盆也是歪的……不过,说起这些伤痛,他却显得异常轻松。他说:"偶尔,我也会因为长时间练习而感到疲倦。然而,至今我想不到有什么事情会比杂技更能让我满足。"

可以说,正是由于这种对梦想的执着追求精神,才有

了胡启志那些完美而精彩的杂技表演,才使他取得了那些让人瞩目的艺术成就。

2011年,胡启志走上了"中国达人秀"的舞台。演出当晚,胡启志阳刚的外形与优雅的水晶球表演形成了强烈反差。胡启志以其娴熟的刚柔并济的技巧,让观众体验到了杂技艺术的无限魅力。这场精彩的表演让观众看得屏气凝神,也让评委伊能静大为感叹:"水晶球到了他的手中,仿佛有了生命,与他合二为一了。我感受到了那个境界,好感动,眼睛也湿湿的。"没有悬念,三位评委毫不犹豫、一致给出了"YES"。

在参加完"中国达人秀"节目以后,他又在2011年10月参加了"第十三届吴桥国际杂技艺术节闭幕式"的演出,并以诗意而完美的大环特技表演赢得了全场观众热烈的掌声。

闭幕式上,胡启志光头光脚光上身,着白裤,推着一个直径两米左右的大钢环缓缓步入舞台中央,仿佛一个远古时代的修行者。音乐响起,他和钢环翩翩起舞。推环、上环、旋转,只见他双手、双脚贴在与人同高的环上,一圈、两圈,仿佛一枚打转的铜板快速地旋转着,变换各种飞跃姿势,又来个横向三百六十度的车轮转,然后愈转愈倾斜,最后以两手两脚为支点,下俯式贴地快转。那一刻,仿佛人环合一,钢环也有了生命。面对此景,观众高呼:"太震撼

了!""他仿佛让钢环有了生命!"

表演结束后,面对记者的采访,胡启志腼腆地说:"八年前,我在丹麦的时候就听说过吴桥杂技节。这是个杂技人的殿堂,能参加闭幕式的表演,是我的荣耀。能作为特邀嘉宾来闭幕式表演,感觉自己就像到了殿堂一样。"

这就是胡启志,一个向往自由的人,一个不断完善自我、超越自我的人,一个为了心中的梦想宁愿付出汗水的人。他曾说过"谁都有梦想。如果没有梦想,还不如死掉"。但梦想不是儿戏,只有付出艰辛的劳动才会实现。追逐梦想的过程,往往令人回味无穷。正如胡启志所言:"杂技表演让我乐在其中。这一次'中国达人秀',我不是为了比赛而来,而是为了享受。"的确,他真真正正地享受了杂技表演的过程,享受了追逐梦想的过程。他收获的不仅仅是荣誉称号,还有自我杂技梦的实现!

杂技艺术 杂技艺术在中国已经有两千多年的历史。杂技在汉代被称为"百戏",在隋唐时被称为"散乐",唐宋以后为了区别于其他歌舞、杂剧,才将之称为"杂技"。杂技艺术自产生以来,不仅在国内广受欢迎,而且远播国外,在国外也产生了较大反响,并成为中国文化和和平友谊的

使者。近半个世纪以来,中国杂技演员的足迹遍布世界,在五大洲的一百多个国家留下了他们的艺术风采,甚至一些当时尚未与中国建交的国家也都欢迎中国杂技团前往演出,并在中国杂技演员的艺术表演中感受到中国人民的友谊,进而加快与中国友好交往的进程。

❋ ❋ ❋

少而好学,如日出之阳;壮而好学,如日中之光;老而好学,如炳烛之明。

——(西汉)刘向

无声世界花灿烂

"从不幸的谷底到艺术的巅峰,也许你的生命本身就是绝美的舞蹈,于无声处,展现生命的蓬勃,在手臂间勾勒人性的高洁,一个朴素女子为我们呈现华丽的奇迹,心灵的震撼不需要语言,你在我们眼中是最美。"这是2005年"感动中国"组委会给予邰丽华的颁奖词。邰丽华以勤奋与执着成就了自己的舞蹈梦想,也向世人展示了一个聋哑人如何在无声的世界中绽放出生命的美丽。

邰丽华,当代聋哑人舞蹈家,1976年出生在湖北宜昌市一个普通职工家庭。当她呱呱坠地时,她的美丽与灵气就让护士们啧啧称赞——世上如有天使,她就是一个。

儿时,她喊妈妈的声音很甜美,唱的儿歌也很动听。然而,一切在她两岁多时发生了改变,小丽华因发高烧注

射链霉素导致双耳失聪。没过多久,她再也不能展现甜美的歌喉,从此生活在无声的世界里。那时候她还小,还不知道失去听力和语言能力对自己而言意味着什么。直到五岁那年,一次,幼儿园的小朋友轮流蒙着眼睛玩辨声游戏。当轮到她辨别声音时,她睁开眼睛,只能看到小朋友们的笑脸,却无法指出是谁发出了声音。这时,小丽华才清醒地意识到,尽管她和别的小女孩一样漂亮、乖巧和聪颖,但是她听不到声音,也不能说话:世界上有一种叫"声音"的东西已经不属于她了。小丽华伤心地哭了。

邰丽华七岁时,父母把她送进了宜昌市聋哑小学。学校里有一门特殊的课程,叫律动课。正是这个律动课拯救了她,为她开启了音乐的大门,也使她产生了用舞蹈来演绎内心世界的最初梦想。

律动课上,当老师踏响木地板上的象脚鼓时,一种奇怪而自然的、有节奏的振动刹那间传遍邰丽华全身,她感受到从未有过的对另一个世界的新奇感知。当别的同学露出兴奋表情的时候,她已经匍匐在地板上,感受这大自然中最美妙的声音了。她激动,兴奋,眸子闪亮,小脸通红,感觉到这个世界从未有过的美丽。她指着自己的胸口,欣喜地用手势告诉老师:我——喜——欢。

后来,邰丽华总喜欢把脸颊紧贴录音机喇叭,全身心地感受不同的震动给她带来的喜悦。与此同时,对于电视里的舞蹈节目,她也充满想象,跃跃欲试。她突然发现,这是一种属于她的语言,是唯一能够让她酣畅淋漓地表达自己对生命感悟的语言。从此,她爱上了舞蹈。虽然她的世界里没有音乐,但是她通过体会律动进行伴奏。她对世界充满感情,她觉得自己注定一生都要用身体的舞蹈和心中的音乐去膜拜生命。重新燃起的生命之火让邰丽华深刻认识到存在的意义,她想和正常人一样生活,和他们一样地体验这个世界的丰富多彩。

　　正是这种对舞蹈的深深迷恋与热爱,使得她在上小学时,就梦想着拥有一双属于自己的舞鞋。可是,为了带邰丽华看病,妈妈辞掉了工作,全家四口人只靠爸爸每个月五十多元的工资生活。但她的梦想还是被细心的爸爸发觉了。爸爸省吃俭用,给邰丽华买了一双白色的舞鞋。手捧洁白的舞鞋,邰丽华担心踩到地上会把它弄脏,就在床上跳啊跳啊。她更加坚定了自己的舞蹈梦想。

　　为了实现梦想,十三岁的邰丽华只身来到武汉上中学。她一边刻苦学习,一边勤奋练习舞蹈。十五岁那年,邰丽华进入中国残疾人艺术团,正式接受舞蹈训练。

　　刚进团的时候,尽管邰丽华有近十年的业余舞蹈训练经历,但她的舞蹈基本功在全班却是最差的,甚至连踢腿

都不会。幸运的是,邰丽华在艺术方面的天赋和潜能被聋哑学校的一位姓赵的女教师发现了。赵老师开始对她进行舞蹈培训。赵老师考验她的第一个舞蹈就是后来让她一举成名的"雀之灵"。

毫无疑问,这对于没有什么专业基础而且聋哑的邰丽华来说几乎没有可能。压腿不到位,提腿不准确,手位不协调……在赵老师看来,尽管邰丽华已经很努力,但她在舞蹈上的表现仍不尽如人意。最后,赵老师干脆将她一个人丢在排练室,拂袖而去。

尽管如此,邰丽华没有放弃,她决定为自己的舞蹈梦想奋力一搏。于是,在此后的半个月时间里,她将自己变成一只旋转的陀螺,二十四小时除吃饭和睡觉外,其他时间都在练舞蹈。开始的时候,她只能原地转几个圈,半个月以后就能转两三百圈了。一支"雀之灵"有七百多个节拍,对于处在无声世界里的邰丽华来说,要想让舞蹈和这七百多个节拍完全合上是异常艰难的,唯一的方法就是记忆、重复、再记忆、再重复。重复到最后的时候,她的心里已经有了一支随时为她响起的乐队。

在舞蹈训练取得初步成效以后,邰丽华异常高兴,内心十分激动。因此,在舞蹈练习过程中,她更加勤奋与刻苦,几乎每天都要挤时间练舞蹈,练得身上青一块、紫一块的。为了遮盖练习舞蹈时所受的伤,在炎热的夏天,她总是穿着一条长裤子。有一天,妈妈趁女儿午睡时,悄悄卷起她的长裤,震惊地发现女儿腿上伤痕累累,母亲心疼地哭了。邰丽华醒来后,笑着告诉妈妈:"我喜欢跳舞,一点儿不觉得疼。"

正是凭着这种执着,邰丽华在众多的舞者中脱颖而出。她获得了一个又一个舞蹈大奖,还得到著名舞蹈家杨丽萍的赏识与指导。当杨丽萍看到邰丽华跳"雀之灵"时,感到无比惊讶:"我创编了'雀之灵'这么多年,如果听不见音乐,我都不知道自己还能不能跳出那种味道来。而你竟然跳得这么好,真不简单!"之后,杨丽萍情不自禁地为邰丽华做起示范来。

随着舞蹈技艺的不断提高,从1992年开始,邰丽华开始登上一个又一个高峰。她用自己对舞蹈艺术独特的体会,为世界很多地方的观众带去一次又一次心灵的震撼。

1992年,著名的意大利斯卡拉大剧院举办了被称为人类艺术盛会的"无国界文明艺术节"。前来演出的都是世界顶级的舞蹈家、音乐家。邰丽华作为唯一的残疾人舞蹈家表演了极具东方情调的舞蹈"敦煌彩塑"。观众对这个残疾人艺术家报以热烈的喝彩和掌声,本次艺术节的艺

术总裁也激动地对她说:"与同台的超级明星们相比,你毫不逊色。"

2000年9月,中国残疾人艺术团来到世界上顶尖的艺术圣殿——纽约卡内基音乐厅。富丽堂皇的展室、走廊和前厅挂满了一百多年来在这里演出过的世界上最著名的艺术家肖像,还有许多经典剧目的海报。她一幅一幅地寻找着,想找到一张中国人的照片。突然,一幅她身穿"雀之灵"演出服的巨型海报出现在眼前。那是卡内基音乐厅里唯一一张我们中国人的剧照。她惊呆了!泪水夺眶而出。

2002年10月,"残疾人国际第六届世界大会"在日本举行,来自世界一百多个国家和地区的残疾人组织的两千多名代表观看了中国残疾人艺术团的专场演出。邰丽华优美的舞蹈再次赢得了热烈的掌声,代表们亲切地将她誉为"人类特殊艺术的火炬"、"全世界六亿残疾人的形象大使"。

2005年,邰丽华带着舞蹈"千手观音"参加了中央电视台的春节联欢晚会。她与二十位同伴结为一体,以千手观音的形象立于莲花台上,在镶嵌着一千多只手的金碧辉煌的拱门下,用缤纷的手姿和斑斓的色彩,"述说"内心世界的美丽话语。伴随着激昂的乐曲,舞者鱼贯而入,舒展在炫目的舞台上,以婀娜的舞姿和灵动的眼神,描绘梦中的天堂。二十一位舞蹈演员虽然生活在无声的世界里,但在舞蹈老师的手语指挥下,他们用眼睛去感悟音乐的韵律、用身心去展现绚丽的华彩,给所有的观众朋友送上节日的祝福。

晚会结束后,胡锦涛特意接见了邰丽华。胡主席对她说:"你的舞蹈不但表达了艺术美,而且表达了心灵美。祝贺你演出成功,也祝贺你和你的伙伴们在春节晚会上的成功演出,希望今后在更多的舞台上看到你的身影。"

如今,邰丽华成了中国残疾人艺术团的顶梁柱。她不仅担任残疾人艺术团演员队队长,出任中国特殊艺术协会的副主席,还是中国残疾人艺术团的"形象大使",先后在四十多个国家作巡回演出。她的演出剧照总是出现在艺术团宣传材料最醒目的位置。

从聋哑人成长为享誉世界的舞蹈艺术家,邰丽华的人生充满了挑战和惊喜。生活在无声世界里的她,没有抱怨命运的不公,而是以快乐和感恩的心面对身体的缺陷,以顽强的意志追求人生的圆满,为世人奉献着美与爱。正如她的人生格言所说:"其实所有人的人生都是一样的,有圆有缺、有满有空,这是你不能选择的。但你可以选择看人生的角度,多看看人生的圆满,然后带着一颗快乐、感恩的

心去面对人生的不圆满——这就是我所领悟的生活真谛。"

长期处于无声的世界使邰丽华拥有了一颗平静心。她用躯体的舞蹈为自己的生命刻画一个个精彩的瞬间,用心灵的音乐为自己的人生弹出完美的奏鸣曲。每次起舞,她都将自己带入快乐无比的心灵世界,在婀娜的旋转中找寻自己生命的足印,在无声的世界中绽放生命的美丽!

卡内基音乐厅 卡内基音乐厅是由美国钢铁大王兼慈善家安德鲁·卡内基于1891年在纽约市第57街建立的第一座大型音乐厅。一开始大厅仅简单地命名为"音乐厅",后来在纽约音乐厅公司董事会成员的劝说下,卡内基同意用他的名字命名,大厅于1893年正式更名为"卡内基音乐厅"。

❋ ❋ ❋

盛年不再来,一日难再晨。
及时宜自勉,岁月不待人。

——(东晋)陶渊明

"失明百灵"展歌喉

"有一个地方,这个地方令人神往,她宛如天堂又洒落人间。奇峰三千,守望着千年的神秘;秀水八百,闪耀着童话的光芒……"来自张家界的"失明百灵"刘赛用她悠扬婉转的歌声,诉说着张家界一个个美丽动人的故事,也传递着一个盲人女孩的音乐梦想。

2012年2月5日,在当晚央视3套"星光大道"2011年度总冠军的决赛中,一位二十五岁的张家界土家族盲人女孩,登上了"星光大道"2011年度总决赛的最高领奖台。她就是刘赛。

当晚,刘赛身着民族服装,面带微笑,独自演唱了歌曲《龙船调》、《望月》,与郎朗、郝歌合作表演了歌曲《弯弯的月亮》。此外,她更是挑战极限,与搭档合作跳起了双人舞

"藤缠树"。这只失明的"百灵鸟"不仅以自己的歌声和舞姿征服了观众和评委,还以她自强不息的精神和清澈如水的笑容博得观众如潮的掌声。

然而,这只"百灵鸟"在追求音乐梦想的路上所经历的艰辛和苦楚却鲜为人知。

刘赛1987年出生在湖南省张家界市桑植县。她的父亲刘跃进是一名军人,母亲田丽是一名幼儿园老师。刘赛从小在部队大院中长大,家庭幸福和睦。

在她四岁那年,生活发生了变化。刘赛突然感觉自己看东西时有点模糊。经过仔细诊断,医生非常遗憾地告诉她父母:刘赛患有视网膜色素变性、黄斑变性、夜盲症、白内障等多种非常严重的眼疾,现在医学上还没有办法解决这类难题。

五岁时,刘赛的病情越来越严重,视力急剧下降,她最终只能感受到一米以内模糊的光影。父母忧心如焚,倾其所有,带着她到国内各大医院诊治,都没有治好。想着女儿将来可能面临的艰难生活,夫妇俩抱头痛哭。

由于身体有缺陷,为了不让人看低自己,刘赛从小就很要强。从六岁开始,妈妈就让她自己梳头、洗脸,并教她洗衣、做饭等生活技巧。与正常孩子相比,刘赛很早就具备生活自理的能力。在学习上,她也比别的孩子更用功。

学校的老师都特别喜欢刘赛,总是把她作为典型,让全校学生向她学习。这让田丽夫妇感到无比欣慰与骄傲。

更让父母高兴的是,刘赛自小就颇具音乐天赋。每当妈妈唱歌的时候,她就跟着学唱。只要妈妈唱过一次,女儿就能记下全部歌词和曲调,不但音调特别准确,而且歌声如叮咚的山泉般醉人。父母为女儿在音乐上有这样的天赋而感到特别高兴,于是就经常教刘赛唱歌、识谱、跳舞和弹奏钢琴。不知不觉中,音乐的种子在刘赛的心中生根、发芽。

2002年6月,初中毕业的刘赛决定报考湖南省艺术职业学院。但父母却忧心忡忡:"一个视力只有一点点光感、几乎双目失明的孩子报考艺术职业学院,学校会招收吗?万一学校拒收,孩子能受得了这个打击吗?"但是,父母最终决定满足女儿的愿望。

面试那天,刘赛担心视力不好会被学校拒收,心里忐忑不安。但是为了实现自己的音乐梦想,她还是鼓足勇气,在妈妈的陪同下走进了面试考场。在考试开始前,妈妈带着刘赛先"摸清了地形":哪个方位是评委,需要上前走多少步;哪个方位是观众,离她有多少步距离。妈妈事先观察好后悄悄告诉了女儿,刘赛把妈妈的话都默默记在心里。

终于轮到刘赛面试了。只见她面带微笑,从场边走到主考桌前,逐一向主考老师问好。主考老师让她试唱了一首歌。刘赛的音色很美,她对作品的理解也很到位,主考老师给予一致好评。刘赛是那么从容与自然,以致主考老师和观众竟然没有一人发现她是个盲人。

揭榜后,刘赛以专业第五名的好成绩被艺术职业学院音乐系录取!

然而,刘赛虽然在面试的时候瞒过了主考老师,在军训时却很快露出了破绽。因为刘赛看不清队伍和路面,摔跤成了家常便饭。军训老师感到很奇怪,问她是怎么回事。刘赛不肯说。直到班主任介入后,刘赛才说出实情:自己的视力已接近失明。班主任大吃一惊,赶紧把情况汇报到校委会,学校劝刘赛退学。刘赛流着眼泪,苦苦哀求说:"我喜欢唱歌,我要唱歌。我只有这么一个梦想,我想在艺校好好地学习。请给我一年的试读机会,如果我跟不上、考不好,我自愿退学;如果我成绩优良,请让我读下去。"

刘赛对音乐梦想的执着追求感动了老师,最后学校破格给她一个学期的试学时间——如果她在学校能独立照顾自己,且能完成规定的教学内容,就允许她继续留校学习。

一学期后,刘赛不仅能独立照顾自己,而且学习成绩在系里排名第二。她顺利地通过了学校的考察,成为湖南省第一个破格录取的声乐盲生。

刘赛双目失明仍执着追求梦想的故事在湖南艺术职业学院传开了,很多人被感动了。该校年轻教师黄新平听说后,主动将刘赛收在门下,要将这个盲妹子培养成盲人中的"小百灵"。

黄新平没有将刘赛当成特殊的学生,布置给她的功课和任务与其他学生都是一样的。刘赛也非常争气,每次都完成得相当漂亮。在舞台上演出时,每次她都表现得非常出色,不了解内情的人根本看不出她是一个有着严重眼疾的人。

在心中,刘赛充满了对恩师黄新平的感激之情:"五年中,黄老师对我的教诲和照顾,饱含着父亲般的爱,让我倍感温暖和鼓舞,也更加坚定了我的音乐梦想。黄老师在我心目中的分量和父母没什么两样。"此后,当取得一点成绩时,她总会在第一时间打电话给黄新平,与老师分享快乐。

经过五年的学习与磨炼,专业成绩优异的刘赛毕业后被中国残疾人艺术团招收为正式演员。2007年8月,临去北京上班的那一天,刘赛对送行的父母说:"我要用学到的东西回报社会,要用自己的能力让爸爸妈妈过得比以前更好。"女儿的话让父母流下幸福的泪水。

　　2008年8月28日,在北京天坛,刘赛参加了残奥会的圣火采集仪式,并进行了现场演唱。同年9月,刘赛在国家大剧院参加演出,受到了国家领导人胡锦涛、温家宝以及前国际奥委会主席萨马兰奇的亲切接见。2008年10月,刘赛飞往日本、新加坡、以色列等国,和其他团员一起用歌声表达残疾人对生命的热爱,向世界展示中国残疾人艺术家的魅力。

　　刘赛的歌声和才艺使她很快被观众接受,邀请她参加演出或者邀请她加盟的信函接踵而至。在一个演出场合,"星光大道"的编导人员偶然发现了刘赛。他们被刘赛独特的演技和经历所吸引,建议她参加"星光大道"的才艺比拼。她过五关斩六将,在一次又一次比拼中胜出,顺利进入了决赛。

　　2012年12月13日晚,中央3套的"星光大道"节目在观众的期待中如约播出。一个半小时的才艺比拼,所有的电视观众都被刘赛的动人歌声打动,他们把这个土家族的盲人女孩深深记在了心里。

　　一位叫叶子的网友动情地说:"今晚,我为一个素不相识的盲姑娘流下了热泪。她凭借活力四射的舞姿和百灵鸟般的歌喉出现在'星光大道'的舞台,眸子里闪烁着白色

光泽、美丽的希望,浑圆的身体随着鼓槌的节奏悦动,散发着生命的活力和青春。当这个四岁时就已失明的姑娘为自己和天下的父母唱着《孝敬父母》,我不仅为她的自强自立,也为她背后深沉的父母之爱而情不自禁。"

当刘赛最终站在"星光大道"2011年度总冠军的领奖台上时,主持人毕福剑借用海伦·凯勒的问题询问刘赛:"如果给你三天光明,你将会干什么?"

刘赛深情地说:"如果上天给我三天光明,我将会在第一天观看蓝天白云,这是我童年的印象;第二天我会陪伴在父母身边,他们为我付出得太多了,我应该尽一份孝心;第三天我想把它送给像我一样失明的孩子,让他们享受光明的欢乐!"

在颁奖的那一刻,刘赛激动的泪水夺眶而出——也许这该是对她执着追求二十多年的音乐梦想的最好诠释吧!

圣火采集仪式 圣火采集仪式起源于古希腊神话。传说古希腊的奥林匹亚山是众神的栖息之所,当地人为了

纪念为人类盗得火种的火神普罗米修斯,每隔四年就要在祭台前举行一次祭祀仪式。在奥林匹亚宙斯神庙前,按宗教仪式在祭坛上点燃火种,然后持火炬跑遍各城邦,传达奥运会即将开始的讯息。各城邦必须休战,忘掉仇恨与战争,积极准备参加奥运会的竞技比赛,因此火炬象征着和平、光明、团结与友谊等。这种仪式一直延续到今天。依据奥运会的传统,火炬应该于开幕前一天抵达主办城市,在开幕式当天被引燃。在奥运期间,圣火不能熄灭。当圣火熄灭时,奥运会即正式结束。

❋ ❋ ❋

吾志所向,一往无前;愈挫愈奋,再接再厉。

——孙中山

"折翼蝴蝶"自奋飞

辽宁鞍山残疾女画家赵丽,出生时就双臂残疾。但她刻苦、顽强地学会用脚写字、绘画,考上高中、大学,办画廊、幼儿园。她用自己的双脚描绘了一个残疾女青年破茧成蝶的故事。

1974年,赵丽出生在辽宁省海城市王石镇邦石村。不幸的是,一起医疗事故令小赵丽的双臂变得神经麻痹,从肩到手都不能动。

然而,活泼好动的小赵丽还不明白手不能动将会给她带来多么大的痛苦。在和小朋友玩耍的时候,虽然因为手臂不灵便总是跌倒,但她仍然学会了踢毽子、跳皮筋等游戏,并且玩得很开心。

直到七岁上学前班时,赵丽才第一次感受到手不能动

的痛苦。同学们都手拿铅笔跟老师学写字,可她的双手却不能动弹。赵丽又着急又伤心,情急之下冲出教室,跑到在同一所学校教五年级的母亲的教室,一下扑到母亲怀里哭了起来:"为什么我的手不能动?为什么不给我治好?为什么……"心酸的母亲紧紧抱着女儿,不知该怎么安慰女儿。

母亲偶然发现女儿能用脚夹着木棍在地上乱画,于是她决定教赵丽用脚写字。母亲从小卖部买来细细的铅笔,让赵丽夹在脚趾间,手把脚地教赵丽写字。她说:"我虽然没能给赵丽两只手,但是,我要为她以后想出一条路子。"

就这样,在母女俩的努力下,赵丽练就了用脚写字的能力。字会写了,赵丽又给了自己一个更大的挑战——学画画。赵丽学的是工笔画。工笔画要求画人非常细致,古代的仕女或者古装人物的发丝、眉毛都要一根一根地画出来,笔稍稍握不稳,画中人物不是头发乱了,就是手肿脸歪。这对健全人来说尚且不易掌握,更何况对赵丽!画细节的时候,赵丽要坐在画板上,弯下腰,眼睛贴近画板,时间长了,腰特别酸疼。为了不再成为妈妈的包袱,能够自食其力,自己挣钱养活自己,赵丽愿意克服这些困难,吃这样的苦。

时间过得飞快,转眼间,赵丽就到了上小学的年纪。

母亲担心女儿没人照顾吃不了苦,便想让女儿休学在家。然而,赵丽看到别的小朋友都去上学了,自己却不能去,很失落,她用绝食的办法逼迫母亲改变主意。母亲没办法,只好让女儿上学。

然而,刚上小学第一天,赵丽就有些吃不消了。原来,一天六节课都要写字,她经常写到脚抽筋,脚趾磨出血泡,走路一瘸一拐的。但坚强的赵丽硬是紧咬牙关,以优异的成绩坚持读完了小学、初中。

在初中毕业、准备报考高中的时候,母亲跟赵丽商量:"咱家供不起你和弟弟两个学生,你就别考高中了吧?"听了母亲的话,赵丽的眼泪直在眼圈里打转。她想,母亲是最爱她的人,说出这样的话心里一定很难受。因此,虽然不情愿,赵丽还是答应了只参加考试不去上高中。

可是赵丽却以优异的成绩考上了海城市重点高中——同泽中学。看到女儿这么争气,欣喜若狂的父亲没和家里人商量,当天就雇了两辆汽车,拉上日常用的东西,丢下老家的房子和家具,举家搬到城里的亲戚家。后来,父亲又卖掉了老家的房子,在海城市买了间小平房,并辞去了村支书的工作,去鞍山市打工挣钱。母亲为了照顾女儿,也提前退休了。

1994年,赵丽高中毕业,报考了省内一所大学。虽然

赵丽的考试分数达到了录取线,可那所大学以赵丽身体有残疾为由不予录取。倔强的赵丽很伤心,也很不服气,她觉得自己在中学的表现不比一般同学差。机会总会眷顾肯努力的人,赵丽最终以高出录取分数线一百分的好成绩被鞍山师范学院艺术系录取。

上了大学的赵丽,学习绘画极其认真,她几乎把所有的时间都用在绘画上。为了照顾赵丽,父母又从海城市搬来,在鞍山市铁西区租了间房子。为在照顾女儿的同时能赚点生活费,在学校的安排下,赵丽母亲在鞍山师范学院当起了清扫厕所的临时工。后来,一家人照顾赵丽直到她大学毕业。

1997年大学毕业后,成绩优异的赵丽进入鞍山总工会的文化宫工作。

工作不久,赵丽就产生了一个新的念头,她想办一个公益画廊,用自己的专长切切实实地做一些有益于社会的事情。为此,她向鞍山的一些画家咨询了关于创办公益画廊的可行性。创办这样的公益画廊不是一蹴而就的,需要付出很大的辛苦与努力。虽然赵丽觉得自己身上的担子非常沉重,但她暗下决心要把公益画廊办起来。

靠着坚忍不拔的毅力,1998年,赵丽终于成立了鞍山首家公益画廊——清艺画廊。清艺画廊以弘扬民族艺术、

传承民族文化、振兴民族精神、增强地方文化的底蕴、促进精神文明建设为宗旨,并向全国的残疾人敞开了大门。而创办人赵丽以其自强、自立的精神感染了很多健康人和残疾人。清艺画廊培养了许多优秀学了,大大提升了鞍山市的城市文化品位。

赵丽在创办公益画廊的同时,还热心帮助那些生活不能自理的残疾人。赵丽在开办画廊的过程中,曾认识了在三岁时因病导致下肢瘫痪的姐妹俩。姐妹俩一天学也没上过,这让曾接受过大家帮助的赵丽产生了帮助她们的愿望。她用微薄的收入帮姐妹俩学画画,希望以自己的一技之长助她们俩放飞心中的梦想。

2011年3月,在赵丽的推动下,鞍山市又成立了"爱心家园"。"爱心家园"为很多以前只想躲在家中,不愿与人交流、自我封闭的残疾青年提供了沟通的良好场所。赵丽说:"我希望大家通过在'爱心家园'互相交流、互相沟通,结交更多的朋友,感受快乐!最重要的是希望大家能摆脱自卑心理!"

在赵丽的作品中,有一幅名为《永恒》的作品:一只美丽的蝴蝶落在古代岩画上面,蝴蝶的美丽和岩画的沧桑形成鲜明的对比。赵丽从一名双臂残疾的农村女孩,成长为一名女画家,不正像一只蝴蝶冲破重重艰难险阻,实现完美的破茧成蝶的蜕变么?

知识链接

公益 公益是指有关社会公众的福祉和利益。"公益"在五四运动后才出现,意思是"公共利益","公益"是它的缩写。社会公益组织,一般是指那些非政府的、不把利润最大化当作首要目标,且以社会公益事业为主要追求目标的社会组织。早先的公益组织主要从事人道主义救援和贫民救济活动,很多公益组织都脱胎于慈善机构。

❋ ❋ ❋

凡事都要脚踏实地去做,不驰于空想,不骛于虚声,而唯以求真的态度作踏实的工夫。以此态度求学,则真理可明;以此态度做事,则功业可就。

——李大钊

后 记

这套"梦想的力量:中国梦青少年读本"丛书得以出版,首先要感谢北京师范大学出版集团和安徽大学出版社的大力支持与帮助。感谢安徽大学出版社康建中社长不辞辛苦地从安徽赶来北京师范大学参加我们的审稿研讨会,并提出了重要的具有建设性的意见。感谢安徽大学出版社赵月华总编辑,这套丛书从最初的构思、策划,到最终的出版、发行,都凝聚着她的智慧和心血。社长和总编把这套丛书的读者定位在青少年身上,体现了他们对"中国梦"本质内涵的深刻理解,凸显了他们为实现"中国梦"所担负的社会责任感。同时,还应该感谢安徽大学出版社王先斌等编辑,他们在每一本书的编辑过程中都提出了许多宝贵而中肯的意见。

  当然,本丛书各卷撰写者都是在繁忙之中,集中时间和精力,全力以赴地完成书稿的,付出了许多的辛劳和汗水。另外,还要感谢丁子涵、郝思聪、任敏、张悦等几位研究生,他们在查找资料、校对书稿等方面做了大量工作。

  从开始策划到完稿,时间太仓促了,因此难免会有一些纰漏和不足,还请各位读者给予指正!

刘　勇　李春雨

2014 年 5 月